KB181142

韓國의 漢詩 01

孤雲 崔致遠 詩集

한국의 한시 01

고운 최치원 시집

허경진 옮김

평민사

　신라 땅에서 육두품의 아들로 태어난 최치원은 넓은 세계에서 자기의 재주를 맘껏 펴 보려고 당나라로 유학갔다.

　6년 만에 빈공과에 급제하여 벼슬도 얻었고 〈토황소격문〉으로 황소의 난을 진압하여 이름을 떨치기도 했다. 그러나 역시 외국인이었던 그에게는 뛰어넘지 못할 장벽이 있었고, 그는 다시 고향 신라를 그리워하였다. 〈추야우중〉은 비가 내리는 가을밤 좁은 방 안에 들어앉아 쓴 시이다.

　자기를 알아 주는 지음(知音)이 없었기에, 그의 몸은 등불 앞에 있었지만 그의 마음은 만리 저 밖에 가 있었다.

　그가 그렇게 그리워했던 '만리 저 밖'은 어디였을까?

　이 시가 『계원필경집』에 실려 있지 않은 것을 보면 신라에 돌아와서 지은 시일 테고, '만리 저 밖'은 물론 중국일 것이다.

　중국에서 떠돌이 생활을 할 때에는 고국 신라를 그리워했지만, 그렇게 그리던 신라에 돌아와서도 제대로 대우를 받지 못하자 차라리 〈토황소격문〉으로 문명을 떨치고 황제의 인정까지 받았던 중국을 그리워했던 것이다.

　그의 정신적 고향은 어디였을까?

　그를 철저한 사대주의자로 비난한 애국지사도 있었고, 우리나라 한문학의 비조라고 추앙한 문인들도 많았다. 그가 만당(晩唐) 시절에 유학갔기에 그의 시는 격이 낮다고 깎아내린 비평가도 있었다. 그러나 만당 시절에 유학간 것이 어찌 그의

잘못이겠으며, 한문학을 발전시킨 것이 어찌 그의 죄였을까?

『계원필경집』과 『동문선』에 실린 그의 글에 의해서만 그에 대한 평가가 이뤄져야 할 것이다. 신라에 돌아와서 지은 시들이 제대로 남아 있지 않아 아쉬울 뿐이다.

1996년에 『고운 최치원 시선』을 낼 때에는 마음에 드는 시만 가려뽑아서 독자에게 보여드릴 생각이었다. 그러나 이 시선집을 꾸준히 다시 찍다보니, 최치원의 시를 다 보고 싶다는 독자들이 요청이 많이 들어왔다.

최치원의 시는 당나라 시절에 지은 시문을 편집한 『계원필경집』 권20에 27제(題) 30수가 실려 있고, 1926년에 후손들이 여러 문헌에서 수집하여 편집한 『고운선생문집』 권1에 32제가 실려 있다. 이번에 수정증보판을 내면서 두 책에 실린 시를 다 합해 모두 싣기로 하였다.

『고운선생문집』은 1926년에 두 차례 간행되었는데, 이 시집은 최국술이 6월에 간행한 목판본을 저본으로 삼아 번역하였다.

2020년 10월 추석에
허경진

차례

『동문선』에 실린 시 _47

우리나라 놀이 다섯 편 _77

지리산 석굴 속에서 발견했다는 최치원의 친필 시들 _85

『계원필경집』에 실린 시

孤雲
崔致遠 詩集

태위께
陳情上太尉詩

중국 사람 어느 누가 해외 사람을 가엾게 여기오리까.
묻노니 어느 곳 나루가[1] 내가 가야 할 나루이온지.[2]
본디 먹을거리를 구했을 뿐 이(利)를 구하지 않았으며,
다만 어버이를 빛내려 했지 내 한 몸을 위하지 아니하
였소.
나그넷 길에서 다시 헤어지는 시름은 강 위의 빗줄기
로 내리고,
고향으로 돌아가고픈 꿈은 하늘 끝에 봄날로 펼쳐지옵
니다.

■

1) 장저(長沮)와 걸닉(桀溺)이 함께 밭을 가는데, 공자가 그곳을 지나다가
   자로에게 나루를 묻게 하였다. 그러자 장저가 자로에게 물었다.
   "저기 수레에 타고 있는 이는 누구인가?"
   자로가 말했다.
   "공구(孔丘)이십니다."
   그가 다시 말했다.
   "노나라의 그 공자 말인가?"
   자로가 말했다.
   "그렇습니다."
   그가 말했다.
   "그 사람이라면, 나루가 어디 있는지 알고 있을 걸세."
   —《논어》 제18 〈미자〉
   이 시에서는 최치원이 자신의 후원자를 찾는다는 뜻이다.
2) 원문의 통진(通津)은 어디든 통하는 사통팔달의 나루라는 뜻으로, 높고
   중요한 관직을 비유하는 말인데, 여기서는 권세를 지닌 실력자, 자신에
   게 벼슬을 주선할 수 있는 관리라는 뜻으로 쓰였다.

큰 내를 건널 수 있는³⁾ 넓은 은혜 물결을 다행히 만나
속된 갓끈에 십 년 묵은 먼지 다 씻어 버리기⁴⁾ 바라옵니다.

海內誰憐海外人.　　問津何處是通津.
本求食祿非求利,　　只爲榮親不爲身.
客路離愁江上雨,　　故園歸夢日邊春.
濟川幸遇恩波廣,　　願濯凡纓十載塵.

■

3) 은나라 고종(高宗)이 부열(傅說)을 재상으로 삼으면서 "내가 만일 큰 내를
   건너게 되면 그대를 배와 노로 삼겠다.[若濟巨川, 用汝作舟楫.]"라고 한 말
   이 《서경》〈열명 상(說命上)〉에 전한다. 원문의 제천(濟川)은 재상을 비유
   하는 말로, 이 시에서는 태위 고변을 가리킨다.
4) 전국시대 초나라 굴원(屈原)이 지은 〈어부사(漁父辭)〉에 "창랑의 물이 맑
   으면 나의 갓끈을 씻고, 창랑의 물이 흐리면 나의 발을 씻으리라. [滄浪之
   水清兮, 可以濯我纓, 滄浪之水濁兮, 可以濯我足.]"라고 하였다.

피난길에 들른 상서께[1]
奉和座主尙書避難過維陽寵示 絕句 三首

1.

해마다 가시나무가 유원(儒苑)을 침범하고
곳곳마다 연기와 티끌이 싸움터에 가득해라.
어찌 생각이나 했으랴, 오늘 아침에 선보(宣父)[2]를 뵙고
안목을 활짝 열어 주는 문장을 볼 줄이야.

年年荊棘侵儒苑,　　處處烟塵滿戰場.
豈料今朝覲宣父,　　豁開凡眼睹文章.

2.

난리 만나 모두가 슬프고 가슴 아픈 일뿐
난봉도 놀라서 서울을 떠났으니,
욕기(浴沂)의 제자들[3]을 생각하면서
봄을 만날 때마다 이별의 시름에 잠기시리라

■
1) 원문 제목이 길다. 〈좌주 상서가 난을 피하며 유양에 들린 길에 보여 준
   절구 세 수에 화운하다 [奉和座主尙書避難過維陽寵示絕句三首]〉
   좌주는 과거시험의 주시관인데, 좌주와 급제자는 스승과 제자 관계가
   된다. 이 시에서는 배찬(裴瓚)을 가리키는데, 최치원은 당나라 희종(唐
   僖宗) 건부(乾符) 1년(874)에 예부시랑(禮部侍郎) 배찬이 주관한 진사
   시(進士試)에 급제하였다. 그 뒤에 배찬은 호남관찰사(湖南觀察使)와
   예부상서(禮部尙書)를 역임하였다.
2) 당나라 정관 11년(874)에 태종이 조서를 내려, 공자를 선부로 추존하고,
   사당을 지어 제사를 지내게 하였다. 이 시에서는 배찬을 찬양하는 뜻으
   로 쓴 말이다.
3) 공자가 제자들에게 하고싶은 일을 묻자. 증점(曾點)이 "늦은 봄에 봄옷

亂時無事不悲傷.　　　鸞鳳驚飛出帝鄕.
應念浴沂諸弟子,　　　每逢春色耿離腸

3.

제천(濟川)에 바라는 바는 난세를 구해 주심이니
맑은 시편을 받들어 읽고 속된 마음을 씻었습니다.
한스럽기는 바다 건너 귀거래사 읊었으니
눈물 진주로 어떻게 깊은 은혜 보답할런지요.[4]

濟川終望拯湮沈.　　　喜捧淸詞浣俗襟.
唯恨吟歸滄海去,　　　泣珠何計報恩深.

이 만들어지면 관을 쓴 벗 대여섯 명과 아이들 예닐곱 명을 데리고 기수에
가서 목욕하고 기우제 드리는 곳에서 바람을 쏘인 뒤에 노래하며 돌아오겠
습니다. [莫春者, 春服旣成, 冠者五六人, 童子六七人, 浴乎沂, 風乎舞雩, 詠
而歸.]」라고 자신의 뜻을 밝혀 공자가 "나도 너와 함께 하겠다"고 칭찬한
고사가 《논어》〈선진(先進)〉에 나온다. 좌주 배찬을 선보(공자)에 비유하
였으므로, 욕기(浴沂)의 제자들은 배찬의 문하생들을 가리킨다.
4) 남해(南海) 밖에서 물속에 살며 비단을 짜는 교인(鮫人)이 인가(人家)에 묵
으면서 비단을 팔고 헤어질 적에 이별을 아쉬워하며 자기의 눈물로 진주를
만들어 주인의 그릇에 가득 채워주고 떠났다는 전설이 『태평어람』이나
『술이기(述異記)』에 실려 있다.

돌아오는 제비 노래를 지어서 태위에게 바치다
歸燕吟獻太尉

가을에 갔다 봄에 온다는 약속 지키며
따스한 바람 서늘한 비를 실컷 맛보았습니다.
큰 집에 다시 지내라는 허락도 받았지만
오랫 동안 들보를 더럽혀 제가 부끄럽습니다.
새매를 피하려고 섬으로 숨어 들 적엔
강가에 노니는 원추새나 백로[1]가 부러웠지요.
지위와 등급은 황작(黃雀)과 나란하건만
함환(銜環)[2]을 양보해서 개운치 않습니다.

秋去春來能守信,　　暖風涼雨飽相諳.
再依大廈雖知許,　　久汚雕梁却自慙.
深避鷹鸇投海島,　　羨他鴛鷺戲江潭.
只將名品齊黃雀,　　獨讓銜環意未甘.

■
1) 원문의 원로(鴛鷺)는 원추새와 백로인데, 이 새들은 자태가 느긋하다고 하여 조정에 늘어선 백관(百官)의 질서정연한 모습을 이른다.
2) 황작함환(黃雀銜環)의 이야기가 진나라 간보(干寶)의 《수신기(搜神記)》권20에 나온다. 한나라 양보(楊寶)가 9세 때에 올빼미에게 채여 나무 밑에 떨어져서 개미들에게 곤욕을 당하고 있는 황작을 보고 집으로 데려와 100여 일 동안 잘 보살펴서 날려 보냈다. 어느 날 밤 3경에 그 황작이 황의동자(黃衣童子)로 변신하여 찾아와서, 저번에 서왕모(西王母)의 사자(使者)로 봉래(蓬萊)에 심부름 가던 중이었다면서, 은혜에 보답하는 뜻으로 옥환(玉環) 4개를 주었다. 자손들이 삼공(三公)의 지위에 오를 것이라고 하였는데, 과연 그 말대로 양보의 후손들이 4대에 걸쳐 모두 대신(大臣)이 되었다.

양섭 수재의 송별시에 답하다
酬楊贍秀才送別

한 해 건너 한 번씩 바다엔 떼배가 돌아오지만,
비단옷 입고 고향에 돌아갈 재주가 없으니 부끄러워라.
나뭇잎 질 때 무성에서 잠시 이별했다가,
꽃피는 철 따라서 멀리 봉래섬을 찾았네.
골짜기의 꾀꼬리는 드높이 날겠지만[1]
요동의 흰 돼지를[2] 다시 바치려니 부끄러워라.
우리 마음 변치 말고 뒤에 만나서,
광릉의 풍월을 즐기며 술잔 함께 들어 보세.

∎
1) 이때 양생(楊生)이 계리(計吏)를 따라갈 예정이었다. (원주)
  계리는 각 지방 관서(官署)에서 해마다 회계 장부(會計帳簿)를 조정에 가
  지고 와서 업무를 보고하던 관리를 가리키는데, 옛날에 각 지방 장관들이
  그 지방에서 인재가 될 만한 사람들을 조사하여 뽑은 다음에 계리가 도성
  에 가는 편에 함께 올려보내 과거에 응시하도록 했다.
2) 요동의 돼지가 머리 흰 새끼를 낳자, 그 주인이 신기하게 여겨 임금께 바치
  려고 길을 떠났다. 가다가 하동에 이르러 보니 그곳 돼지는 모두 희었다. 그
  래서 부끄러워 돌아왔다. 하찮은 재주를 뽐낼 때 쓰는 말이다.

海槎雖定隔年回,　　衣錦還鄉愧不才.
暫別蕪城當葉落,　　遠尋蓬島趁花開.
谷鶯遙想高飛去,　　遼豕寧慚再獻來.
好把壯心謀後會,　　廣陵風月待啣盃.

일행이 산양에 머물 적에 태위가 잇따라
옷감을 보내면서 부모를 뵙고 축수하는
예물로 삼게 하였으므로 삼가 시를 지어
사례하다
行次山陽續蒙太尉寄賜衣段令充歸覲續壽信物
謹以詩謝

예부터 낮에 비단옷 입고 다닌다고 자랑했지만[1]
장경[2]과 옹자[3]도 헛된 이름을 차지했을 뿐입니다.[4]
저는 국서 받들고 가신까지 얻었으니
가문의 영광 넘어서서 나라의 영광이지요.
만리 돌아갈 꿈을 비로소 이뤘지만
한마음은 돌아올 길 이미 헤아렸습니다.
깊은 은혜 생각하며 저 멀리 바라보니
세 송이 신선산이 눈가에 아른거립니다.

■
1) 항우(項羽)가 진나라 궁실이 모두 불타서 잿더미로 변한 것을 보고 다시 고
   향으로 돌아갈 생각을 하면서 "부귀한 신분이 되었는데도 고향에 돌아가
   지 않는다면, 이는 비단옷을 몸에 걸치고서 밤에 돌아다니는 것과 같다.
   [富貴不歸故鄕, 如衣繡夜行]'라고 말하였다. ─《사기(史記)》 권7 〈항우본기
   (項羽本紀)〉
2) 장경은 사마상여의 자(字)이다. 사마상여가 중랑장(中郞將)이 되어 고향인
   파촉(巴蜀) 땅에 사신으로 갔을 적에, 촉군 태수(蜀郡太守) 이하가 모두 교
   외에서 영접하였음은 물론, 현령(縣令)이 몸소 쇠뇌를 등에 지고 앞장서서
   달리면서 경계하며 존경하는 뜻을 보였다. 촉 땅의 사람들이 이를 구경하
   며 모두 영광스럽게 여겼다. ─《사기(史記)》 권117 〈사마상여열전(司馬相
   如列傳)〉
3) 옹자(翁子)는 주매신의 자이다. 주매신이 만년에 영달하여 고향인 오월(吳
   越)의 회계 태수(會稽太守)로 부임할 적에 누더기 차림에 인수(印綬)를 허
   리에 숨기고 걸어서 군저(郡邸)에 가자 아전이 인수를 발견하고 놀라서 상

20

自古雖誇晝錦行.　　　長卿翁子占虛名.
旣傳國信兼家信,　　　不獨家榮亦國榮.
萬里始成歸去計,　　　一心先算却來程.
望中遙想深恩處,　　　三朶仙山目畔橫.

관에게 보고하였다. 그의 수레를 영접하기 위해서 백성들을 크게 동원
하여 길을 닦게 하였는데, 그중에는 주매신을 경멸하며 버렸던 옛날의
아내와 그 남편도 끼어 있었다. ─《한서(漢書)》 권64 〈주매신전(朱買臣
傳)〉
4) 조국 신라로 돌아가는 자신이 실제로는 훨씬 더 영광스럽게 되었다는
뜻으로 표현한 말이다.

여도사와 헤어지며
留別女道士

티끌 세상 벼슬길에서 쪼들리는 몸 한탄하다가,
마고선녀[1] 알게 되어 몇 해를 기뻐했지요.
길 떠나는 자리에서 진심으로 묻겠어요.
저 바닷물은 어느 때나 다 마를 건가요.

每恨塵中厄宦途,　　　數年深喜識麻姑.
臨行與爲眞心說,　　　海水何時得盡枯.

■
1) 왕자평(王子平)이 채경(蔡經)의 집에 들렀다가 마고선녀를 불러왔는데, 마
고선녀는 '이미 푸른 바다가 세 번이나 뽕나무 밭으로 바뀌는 것을 보았고,
이제 봉래에 와 보니 바닷물이 다시 얕아지더라'고 말하였다. ―《신선전》
권7 〈마고(麻姑)〉

진사 양섬이 헤어지며 보내 준 시를 받고서
酬進士楊瞻送別

새벽 노을 짙은 속에 바다와 산이 아슴프레 보이는데,
백 폭 돛단배 만리 바람 맞아 부풀었네.
더 없이 큰 슬픔[1]이란 아녀자의 일이니
헤어지는 마당이라도 서글퍼해선 안 된다오.

海山遙望曉煙濃.　　百幅帆張萬里風.
悲莫悲兮兒女事.　　不須惆悵別離中.

---

1) 슬픔 가운데 가장 큰 슬픔은 살아서 이별이요, 기쁨 가운데 가장 큰 기
　쁨은 새로 사귀는 것일세.[悲莫悲兮生別離. 樂莫樂兮新相知.] ―《초사
　(楚辭)》〈소사명(少司命)〉

초주 장상서[1]가 수곽에서 영접하기에
시를 지어 사례하다
楚州張尙書水郭相迎因以詩謝

푸른 구름 서늘한 초주의 가을 하늘
여준[2]이 높이 날아 조각배를 찾아오셨네.
만리 배를 타고 이제 떠나가면
사공루[3] 그리워 애가 타겠지요.

楚天蕭瑟碧雲秋.　　　旟隼高飛訪葉舟.
萬里乘槎從此去,　　　預愁魂斷謝公樓.

■
1) 《계원필경집》 권19에 〈초주 장의부 상서에게 하례하는 글[賀楚州張義府尙
書]〉이 실려 있으니, 장의부(張義府)를 가리킨다.
2) 새매를 그린 깃발을 여(旟)라 하고, 귀사를 그린 깃발을 조(旐)라 한다.[鳥
隼爲旟, 龜蛇爲旐.]―《주례》〈춘관종백(春官宗伯) 사상(司常)〉
"주리에는 여를 세우고, 현비에는 조를 세운다.[州里建旟, 縣鄙建旐.]" 하였
으니, 이 시에서 여준은 자사(刺史)나 절도사(節度使) 등 지방 장관을 비유
하는 말이다.
3) 남조(南朝) 제(齊)나라의 시인 사조(謝朓)가 선성 태수(宣城太守)로 부임해
서 앞산의 경치를 감상하기 위해 세운 누대(樓臺)의 이름이다.

헤어짐을 아쉬워하는 오만 수재에게
酬吳巒秀才惜別 二絕句

1

난세라 영화와 녹봉이 어버이에게 미치지 못하지만
갈림길에서 잠시 괴롭다고 슬퍼하지 마소.
먼 길 떠나는 오늘 아침에 다른 말 할 게 있나,
한 조각 붉은 마음만은 부끄러울 게 없기를.

榮祿危時未及親.　　莫嗟岐路暫勞身.
今朝遠別無他語,　　一片心須不愧人.

2

변방 기러기는 석양에 높이 떴고
백사장 나무에는 저녁 연기가 아른거리네.
고개 돌려 바라보니 그리운 정 끝이 없는데
하늘 끝 외로운 돛배만 물결 가르며 날아가네.

殘日塞鴻高的的,　　暮烟汀樹遠依依.
此時回首情何限,　　天際孤帆破浪飛.

바위 봉우리
石峰

가파른 봉우리가 하늘에 닿을 듯
한 송이 연꽃을 태양이 피게 했네.
깎아세운 벼랑이라 나무들 발 못 붙이고
격조도 높아서 구름 안개만 좋아하네.
새로 눈이 내려 차가운 그림자를 소(酥)로 점 찍은 듯
샘물에선 옥 굴리는 맑은 소리가 솟아나네.
봉래산 생각해 봐도 여기와 같겠지,
달 밝은 밤이면 여러 신선들이 모이겠지.

巉岩絶頂欲摩天.　　海日初開一朶蓮.
勢削不容凡樹木,　　格高惟惹好雲煙.
點酥寒影粧新雪,　　戞玉淸音噴細泉.
靜想蓬萊只如此,　　應當月夜會群仙.

■
* 중화(中和) 갑진년(884) 10월에 사명(使命)을 받들고 동쪽으로 향하다가
  대주산(大珠山) 아래에 정박하였는데, 그때 눈에 보이는 대로 시의 제목을
  삼아서 풍월을 읊고, 10수를 모아 고 원외(高員外)에게 부쳤다. (원주)

조수 물결
潮浪

천만 겹 서리와 눈이 치달리고 뒤집히며
상현과 하현 보름 사이에 예전의 길 거듭 오가네.
너는 하루 내내 신의를 제대로 지키건만
나는 아무 때나 멋대로 구니 부끄럽구나.
석벽과 싸우는 소리에 벼락이 날아가고
구름 봉우리 거꾸로 박혀 연꽃으로 일렁이네.
장풍을 타겠다던 종각의 말[1]이 생각나니
장한 기운 발동하여 와룡이 그리웁구나.

驟雪翻霜千萬重,　　往來弦望躡前蹤.
見君終日能懷信,　　慙我趨時盡放慵.
石壁戰聲飛霹靂,　　雲峯倒影撼芙蓉.
因思宗慤長風語,　　壯氣橫生憶臥龍.

■
1) 남조(南朝) 송나라의 좌위장군(左衛將軍) 종각(宗慤)이 소년 시절에 숙
　부 종병(宗炳)의 질문을 받자 "장풍을 타고서 만리의 파도를 휘젓고 싶
　다."라고 한 말이 《송서(宋書)》 권76 〈종각열전(宗慤列傳)〉에 실려 있다.

바닷가 모래톱
沙汀

멀리서 보면 마치 눈꽃이 날리는 듯
자기 몸도 못 가누는 허약한 체질이라,
조수 물결이 까부는 대로 모였다 흩어지고
바다 바람 부는 대로 높아졌다 낮아지네.
안개 자욱한 비단 폭 위엔 사람 자취 끊어지고
햇빛 반사하는 서리 밭엔 학의 발길이 더디구나.
가슴 가득한 이별의 한 읊조리다 밤이 되어
마침 달까지 또 밝으니 이를 어찌하랴.

遠看還似雪花飛.　　弱質由來不自持.
聚散只憑潮浪簸,　　高低況被海風吹.
煙籠靜練人行絶,　　日射凝霜鶴步遲.
別恨滿懷吟到夜,　　那堪又値月圓時.

들불
野燒

바라보니 문득 깃발이 펄럭여
군사들이 변방을 쳐 나가는가 했네.
사나운 불꽃이 하늘을 태우니 지는 해도 무색하고
미친 연기가 벌판에 뻗어 구름의 길도 끊었네.
말과 소를 치는데 방해된다 탓하지 마소.
여우 삵쾡이가 소굴을 잃었으니 모름지기 기쁠레라.
바람이 불길을 산 위에까지 몰고가서
옥과 돌 한꺼번에 태워 버릴[1] 것만 두려워라.

望中旌旆忽繽紛.　　疑是橫行出塞軍.
猛焰燎空欺落日,　　狂烟遮野截歸雲.
莫嫌牛馬皆妨牧,　　須喜狐狸盡喪群.
只恐風驅上山去,　　虛敎玉石一時焚.

---

1) 곤강에 화염이 치솟아 옥과 돌이 모두 불탔다.[火炎崑岡, 玉石俱焚.]
　─《서경》〈윤정(胤征)〉

진달래
杜鵑

돌 틈으로 뿌리 박혀 잎 마르기 쉬워라.
비바람에 시달려 병들은 듯 보이네.
들국화는 가을 단장을 자랑하고
바위 위의 소나무는 추위를 이겨 내건만,
가여워라, 꽃내 머금고 푸른 바다에 선 진달래를
그 누가 부잣집 난간에다 옮겨 심을 건가.
다른 풀 나무들과는 품격이 다르건만
나뭇꾼이 똑같이 볼까 그것만이 두려워라.

石罅根危葉易乾.　　風霜偏覺見摧殘.
已饒野菊誇秋艶,　　應羨岩松保歲寒.
可惜含芳臨碧海,　　誰能移植到朱欄.
與凡草木還殊品,　　只恐樵夫一倒看.

바다 갈매기
海鷗

꽃물결 따라 이리저리 날아다니네.
털옷 가볍게 가다듬으니 참으로 수선(水仙)일세.
티끌 세상 밖으로 마음껏 드나들고
신선세계 다른 하늘도 거침없이[1] 가고오네.
벼이삭 기장 맛도 좋아할 줄 모르니
풍월과 같은 성령이 참으로 어여뻐라.
아마 장자의 나비 꿈[2]도
내가 그대를 꿈꾸는 것 같으리라.

慢隨花浪飄飄然.　　輕擺毛衣眞水仙.
出沒自由塵外境,　　往來何妨洞中天.
稻粱滋味好不識,　　風月性靈深可憐.
想得漆園蝴蝶夢,　　只應如我對君眼.

■
1) 원문에는 "往來" 뒤에 "缺二字"라고 되어 있는데, 1930년 경주최씨문
　집발행소에서 간행한 활자본《계원필경집》에 의해서 "何妨" 두 글자를
　보완하여 번역하였다.
2) 장자가 꿈속에서 나비로 변하여 즐겁게 놀았었는데, 꿈을 깨고 난 뒤에
　'내가 나비로 변한 꿈을 꾸었는지, 나비가 나(장자)로 변한 꿈을 꾸고
　있는지' 구별을 잊었다고 한다. 장자가 칠원에서 관리 노릇을 하였기
　때문에, 장자를 칠원이라고도 불렀다. 이 이야기는 『장자』〈제물론(齊
　物論)〉에 실려 있다.

산마루 가파른 바윗돌
山頂危石

옛날에 절로 이뤄진 모습 사람이 갈고닦은 솜씨보다 낫네.
높고 높은 산마루에 푸른 소라를 세워 놓았네.
폭포에 흩날리는 물방울 따윈 뛰어들지도 못하고
한가한 구름만이 자주 부딪치네.
높다란 그림자는 바다에 뜨는 해를 남 먼저 맞이하건만,
위태로운 그 모습 밀물에 떨어질까 언제나 두려워라.
아무리 옥을 많이 간직했다지만 그 누가 돌아보랴.
온 세상 사람들 제 몸만 돌보면서 변화[1]를 비웃었지.

■

1) 초나라 사람 변화가 초산에서 커다란 옥덩어리(璞)를 발견하고, 이를 초나라 여왕(厲王)에게 바쳤다. 여왕이 옥을 감정하는 사람에게 그 옥덩어리를 감정하라고 시키자, 그 사람이 돌이라고 아뢰었다. 그러자 여왕이 변화의 왼쪽 발을 베어 버렸다. 그 뒤에 변화가 그 옥덩어리를 무왕(武王)에게 다시 바쳤지만, 무왕도 돌이라는 감정을 듣고는 변화의 오른쪽 발을 베어 버렸다. 무왕이 죽고 문왕(文王)이 즉위하자, 변화가 초산 아래에서 사흘 낮밤을 통곡하였다. 문왕이 그 소문을 듣고 그 옥덩어리를 다듬게 하여, 마침내 천하의 보옥으로 만들었다. 그리고는 화씨벽(和氏璧)이라고 이름하였다.
이 시에서 옥을 많이 간직한 '산마루 가파른 바윗돌'은 재주가 많지만 세상 사람들이 알아 주지 않는 자기 자신을 가리킨다.

萬古天成勝琢磨． 　高高頂上立青螺．

永無飛溜侵凌得， 　惟有閒雲撲觸多．

峻影每先迎海日， 　危形長恐墜潮波．

縱饒蘊玉誰回顧， 　舉世謨身笑卞和．

바윗돌 위의 키작은 소나무
石上 矮松

재목이 못 되어서 연기 노을 속에 늙도록 살았다네.[1]
시냇물 바닥 바윗돌 위가 어찌 바닷가에 사는 것과 같으랴.
해가 저물며 그림자 끌어 섬 나무만큼 키 크게 해 주고,
밤 바람이 솔방울 흔들어 밀물 모래밭에 떨어뜨리네.[2]
스스로 넓적한 돌에 붙어 뿌리 길고 단단해졌거니,
구름 넘어설 길이 멀다고 어찌 한탄하랴.
의심치 말게, 아무리 키 작아도 부끄러울 게 없다네.
안영[3]의 집 들보감으론 넉넉할 테니까.

■

1) 장자(莊子)가 산속에서 길을 가다가 커다란 나무를 보았는데, 그 가지와 잎
   이 무성하였다. 나무를 찍는 사람이 그 곁에 서 있었지만, 찍지를 않았다.
   그래서 그 까닭을 물었더니, "아무짝에도 쓸모가 없기 때문이다"고 대답하
   였다. 그러자 장자가 이렇게 말하였다. "이 나무는 재목이 못 되었기 때문
   에, 타고난 목숨을 끝까지 누릴 수가 있었구나". ―『장자』〈산목(山木)〉
2) 심의(沈義)가 꿈에 문장 왕국에 들어가 역대 시인들을 만났는데, 천자 최
   치원이 '밤 바람이 솔방울을 흔들어 밀물 모래밭에 보내네[風敵夜子送潮
   沙]'라는 구절을 짓고는 '송(送)' 자가 마음에 들지 않아 신하들에게 고치게
   했다. 고려조 시인 진화는 '과(過)' 자를, 정지상은 '집(集)' 자를, 주인공 심
   의는 '락(落)' 자를 각각 올렸는데, 천자가 '락(落)' 자에 낙점하고 후한 상
   을 내렸다. 심의가 이 시를 미리 읽어보고, 그 위치에 가장 알맞은 글자를
   찾아내는 '문자 수수께끼'를 만들어서 자신의 실력을 자랑한 것이다. 이
   이야기는 그가 몽유록 형식으로 지은 글 「기몽(記夢)」에 실려 있다.
3) (안영은) 키가 6척이 채 못 되었지만, 몸은 제나라의 재상이 되었고, 이름은
   제후 사이에 드러났다.[長不滿六尺, 身相齊國, 名顯諸侯.] ―『사기』 권62
   〈관중 · 안자열전〉

不材終得老烟霞.　　澗底何如在海涯.
日引暮陰齊島樹,　　風敲夜子落潮沙.
自能盤石根長固,　　豈恨凌雲路尚賒.
莫訝低顏無所愧,　　棟樑堪入晏嬰家.

붉게 물든 나무
紅葉樹

흰 구름 바윗가에 선녀가 섰는 듯
한 떨기 우거진 덩굴이 그림 같아라.
아름다운 모습이야 세상에도 있겠지만
한가로운 정취는 그대 같은 이 없어라.
자고 난 모습 이슬 머금었으니 눈물 흘린 자취런가,
술 취한 자태로 바람 맞으며 붙들어 주길 바라는 듯,
쓸쓸한 숲 바라보며 시 읊노라니 서글프기만 해,
산속에도 영고 성쇠가 있는 줄 이제는 알겠어라.

白雲岩畔立仙姝,　　一簇煙蘿依畫圖.
麗色也知於世有,　　閑情長得似君無.
宿粧含露疑垂泣,　　醉態迎風欲待扶.
吟對寒林却惆悵,　　山中猶自辨榮枯.

바위 위에 흐르는 샘물
石上流泉

거문고 솜씨 멋지다 자랑해도
구름 밑 옥구슬 구르는 소리만 하랴.
한 점의 먼지도 청동거울 침노하지 못하고
가벼운 바람이 옥소반을 이따금 스치네.
장량의 말 듣지 않아 오열하며 지나가고
손초의 베개¹⁾는 잔잔한 물속에 차갑겠구나.
생각하니 애석해라 맑은 그 빛이여
바다에 흘러들면 한 모양이 되겠지.

琴曲雖誇妙手彈.　　遠輪雲底響珊珊.
靜無纖垢侵金鏡,　　時有輕颷觸玉盤.
嗚咽張良言未用,　　潺湲孫楚枕應寒.
尋思堪惜淸泠色,　　流入滄溟便一般.

■
1) 진(晉)나라 손초가 숨어 살려고 하면서, "돌을 베개 삼고 흐르는 물에
   양치질하련다.[枕石漱流]"라고 말해야 할 것을, "물을 베고 돌로 양치질
   하련다.[枕流漱石]"라고 잘못 말했다. 왕제(王濟)가 그 말을 듣고서 잘
   못을 지적하자, 손초가 "물을 베는 것은 속진에 찌든 귀를 씻어 내기 위
   함이요[洗其耳], 돌로 양치질하는 것은 연화(煙火)에 물든 치아의 때를
   갈아서 없애려 함이다[礪其齒]."라고 대답하였다. —《세설신어(世說新
   語)》〈배조(排調)〉

섣달 그믐날 밤 벗에게 시를 받고서
和友人除夜見寄

그대와 서로 만났으니 노래 부르고 시나 읊을뿐.
세월 흐르도록 젊은 날 꿈을 못 이뤘다고 한탄하지는 마세.
다행히 봄바람이 우리 돌아갈 길 맞아 줄 테니,
꽃 피는 좋은 철 되면 계림에 도착할 테지.

與君相見且歌吟.　　莫恨流年挫壯心.
幸得東風己迎路,　　好花時節到鷄林.

봄바람
東風

바다 건너 고향 나라에서 봄바람이 불어오니
새벽 창가 시 읊는 자리에서 생각 가다듬기 어려워라.
때때로 찾아와서 서재 휘장을 스치니,
고향에서 꽃 피려는 소식을 알리려는 듯해라.

知爾新從海外來.　　曉窓吟座思難裁.
堪憐時復撼書幌,　　似報故園花欲開.

바닷가에서 봄 경치를 바라보며
海邊春望

갈매기와 해오라기는 높고 낮게 나뉘어 날고,
먼 바닷가 그윽한 풀은 푸르러지네.
이때 천리 만리 고향 그리는 내 심정,
날 저문 구름[1] 쳐다보니 나 혼자 아득해라.

鷗鷺分飛高得低.　　遠汀幽草欲萋萋.
此時千里萬里意,　　目極暮雲飜自迷.

---

1) 내가 있는 위수 북쪽엔 봄 하늘의 나무요, 그대 있는 강 동쪽엔 날 저문 구
름이로다.[渭北春天樹, 江東日暮雲.]" ―《두소릉시집(杜少陵詩集)》권1
〈춘일억이백(春日憶李白)〉
두보(杜甫)가 봄날에 이백(李白)을 그리워하며 쓴 표현이다.

봄날 새벽에 한가히 바라보며
春曉閑望

산마루 한가로운 구름을 바람도 흩어 버리기 싫어하고,
언덕 위 얼어붙은 눈을 햇볕도 녹이지 않네.
홀로 광경 읊는 정회가 어찌 끝이 있으랴.
바닷가 갈매기만이 쓸쓸한 나를 벗해 주네.

山面嬾雲風惱散,　　岸頭頑雪日欺銷.
獨吟光景情何限,　　猶賴沙鷗伴寂寥.

바닷가를 한가롭게 걸으며
海邊閒步

썰물 조용히 빠진 뒤에 모래밭 거니노라니,
해 지는 산마루엔 저녁 노을 덮였어라.
봄빛도 내 마음을 끝내 괴롭히진 못할 테지.
가까운 날 고국의 꽃에 취하게 될 테니까.

潮波靜退步登沙,　　落日山頭簇暮霞.
春色不應長惱我,　　看看卽醉故園花.

해동으로 돌아올 즈음에
참산의 봄 경치를 바라보며
將歸海東巉山春望

눈에 아득한 물안개 저쪽을 바라보니
새벽 새 나는 곳이 아마 고향땅 같아라.
나그네 시름도 이제부턴 없을 테고
내 모습도 웬만큼 웃음 띠게 될 테지.
물결은 모래밭에 부딪치고 꽃잎은 언덕에 스쳐,
구름이 돌부리를 감싸고 나뭇잎은 산을 덮었네.
장사한다고[1] 쏘다니는 사람들에게 말하노니,
누가 천금을 주고 한가한 즐거움을 살 줄 알랴.

目極煙波浩渺間.　　曉鳥飛處認鄕關.
旅愁從此休凋鬢,　　行色偏能助破顔.
浪蹙沙頭花撲岸,　　雲粧石頂葉籠山.
寄言來往鴟夷子,　　誰把千金解買閑.

■
1) 춘추시대 월나라의 공신 범려가 월나라 임금 구천을 도와서 오나라의
합려를 쳤지만, 부귀공명을 버리고 제나라로 가서 치이자피(鴟夷子皮)
라고 이름을 바꾸고 장사를 하며 숨어 살았다. 나중에 도(陶)로 가서 커
다란 부자가 되어 도주공(陶朱公)이라고 자칭하였다. 여기서 치이자피
란 말은 장사꾼을 가리킨다.

김원외[1]가 참산의 청상인에게 준 시에
화운하다
和金員外贈巉山淸上人

바닷가 구름 속 암자 푸른 바위에 기대어 섰네.
티끌 세상 멀리 떠났으니 스님 사시는 집에 어울려라.
그대여, 파초 비유만 물으려 하지 말고,
봄바람에 물거품 흔들리는 것도 좀 보시구려.

海畔雲菴倚碧螺.　　遠離塵土稱僧家.
勸君休問芭蕉喩,　　看取春風撼浪花.

---

1) 모년 모월 모일에 신라국입회남사(新羅國入淮南使) 검교창부원외랑(檢校
倉部員外郞) 수한림랑(守翰林郞) 사비은어대(賜緋銀魚袋) 김인규(金仁圭)
와 회남입신라겸송국신등사(淮南入新羅兼送國信等使) 전(前) 도통순관(都
統巡官) 승무랑(承務郞) 전중시어사(殿中侍御史) 내공봉(內供奉) 사비어대
(賜緋魚袋) 최치원(崔致遠) 등은 삼가 청작(淸酌)과 생뢰(牲牢 희생(犧牲))
의 제물을 올려 경건히 참산대왕(巉山大王)의 영전(靈前)에 정성을 바칩니
다. … 지금 김인규 등은 오래전에 중국에 조빙(朝聘)하는 명을 받들었고,
최치원은 처음으로 고국에 빙문(聘問)하라는 명을 받들었습니다. 다행히도
같은 배를 타고 돌아가게 되었으니, 앞으로 말고삐도 나란히 할 수 있을 것
입니다. ―《계원필경집》권20 〈참산의 신령에게 제사 지낸 글〔祭巉山神
文〕〉
신라에서 중국에 들어왔다가 최치원과 함께 귀국하게 된 검교창부원외랑
(檢校倉部員外郞) 김인규(金仁圭)를 가리킨다.

해문 절간에 있는 버들
題海門蘭若柳

광릉성 기슭에서 헤어진 미인을[1]
바닷가 먼 곳에서 다시 만날 줄이야 어찌 알았으랴.
관음보살[2]이 아끼시던 일 겁이 나서,
길 떠나면서도 가느다란 가지 하나 꺾지[3] 못하겠네.

廣陵城畔別蛾眉.　　豈料相逢在海涯.
只恐觀音菩薩惜,　　臨行不敢折織枝.

■

1) '가늘고 길게 굽은 눈썹'은 미인을 뜻하는데 이 시에서는 버들을 비
　유하였다.
2) 삼십삼관음(三十三觀音) 중에 양류관음(楊柳觀音)이 있는데, 왼손은 시
　무외인(施無畏印)을 맺고 오른손으로는 버들가지를 쥐고서 중생의 병
　을 낫게 한다고 한다. 양류관음은 약왕관음(藥王觀音)이라고도 한다.
3) 도성 문 가까이에서 송별을 많이 하여, 긴 가지 모두 꺾여 봄바람이 줄
　었도다.[爲近都門多送別, 長條折盡減春風.] ―《백낙천시집(白樂天詩
　集)》권19 〈청문류(靑門柳)〉
　한나라 사람들이 헤어질 때에는 장안(長安) 동쪽 패교(霸橋)에 와서 버
　들가지를 작별 선물로 주었으므로, 버들가지를 꺾는 것이 증별(贈別)
　혹은 송별(送別)의 뜻으로 쓰였다.

『동문선』에 실린 시

孤雲
崔致遠 詩集

세상 사람들은 단술만 즐긴다네
寓興

바라노니 이욕의 문을 막아
부모님께 받은 몸 다치게 마오.
진주를 캐는 사람들 어찌하여
목숨 가볍게 여기고 바다 속으로 드는가.
몸이 영화로우면 티끌에 물들기 쉽고
마음의 때는 물로 씻기 어렵구나.[1]
담박한 이 즐거움 누구와 논할까,
세상 사람들은 단술만 즐긴다네.

願言局利門,   不使損遺體.
爭奈探珠者,   輕生入海底.
身榮塵易染,   心垢非難洗.
澹泊與誰論,   世路嗜甘醴.

■
1)《고운선생문집》에는 "心ㅇ垢難洗"로 되어 있어서 문맥에 맞게 의역하
   였다.

접시꽃
蜀葵花

거친 밭 두둑 고즈넉한 곳에
탐스런 꽃송이가 약한 가질 누르고 있네.
매화비 그쳐 향기 가벼운데,
보리 누름 바람결에 그림자 쓰러졌네.
수레 탄 어느 누가 보아 줄거나,
벌 나비만 부질없이 와서 엿보네.
천한 땅에 태어난 것 스스로 부끄러워
사람들에게 버림받고도 참고 견디네.

寂寞荒田側,   繁花壓柔枝.
香輕梅雨歇,   影帶麥風歌.
車馬誰見賞,   蜂蝶徒相窺.
自慚生地賤,   堪恨人棄遺.

강남의 여인
江南女

강남 땅은 맘껏 즐기는 풍속이어서
아리땁고 예쁘게 딸을 기르네.
성품을 기를 때부터 바느질을 싫어하여
단장 마치고는 관현을 조율하네.
고아하지 않은 곡조만 배우기에
그 소리 듣다가는 춘심에 이끌리네.
꽃답고 아름다운 그 얼굴이
언제나 고운 청춘일 줄 생각하네.
이웃집 딸을 도리어 비웃으니
아침 내내 베틀에서 북을 놀려서라네.
베를 짜느라고 아무리 몸을 괴롭혀도
비단옷은 끝내 너에게 안 간다고.

江南蕩風俗,　　　　養女嬌且憐.
冶性恥針線,　　　　粧成調管絃.
所學非雅音,　　　　多被春心牽.
自謂芳華色,　　　　長占艶陽年.
却笑隣舍女,　　　　終朝弄機杼.
機杼縱勞身,　　　　羅衣不到汝.

■
* 이상은 《동문선》 제4권에 실린 오언고시(五言古詩)이다.

51

마음의 거울을 닦고
古意

여우는 능히 미녀로 화하고
삵괭이도 또한 글 하는 선비로 변하네.
그 누가 알리 이 동물들이
사람 모양이 되어 홀리고 속이는 것을.
변화하기는 오히려 어렵잖으나
마음 가지기는 참으로 어려워라.
참과 거짓을 가려내려거든
바라노니, 마음의 거울 닦고 보시오.

狐能化美女,　　　狸亦作書生.
誰知異類物,　　　幻惑同人形.
變化尙非艱,　　　操心良獨難.
欲辨眞與僞,　　　願磨心鏡看.

장안 여사 이웃에 우신미 장관이 살기에 시를 지어 부친다
長安旅舍與于愼微長官接隣有奇

상국에 와서 나그네 생활 오래 젖었으니,
만리 타향의 부끄러운 사람이라오.
안회처럼 가난한 누항의 살림 꾸리며
맹자처럼 좋은 이웃 옆에 살게 되었구려.
도를 지키며 오직 옛글을 익힐 뿐이니,
벗으로 사귀는 정이야 가난함을 어찌 꺼리리오.
날 알아 주는 사람 타향이라 별로 없으니,
그대를 자주 찾아간다고 싫어하지 마소서.

上國羈棲久,　　　多慚萬里人.
那堪顔氏巷,　　　得接孟家隣.
守道唯稽古,　　　交情豈憚貧.
他鄕少知己,　　　莫厭訪君頻.

반백 년 도를 닦는 지광상인께
贈雲門蘭若智光上人

구름가에 절간을 지어 놓고
고요한 선정에 든 지 거의 반백 년,
지팡이는 산 밖을 나간 일 없고
붓으로도 서울 가는 편질 안 쓰네.
대나무 홈통에선 샘물소리 들리고
소나무 창가엔 햇빛이 성긴데,
맑고 높은 경지를 다 읊지 못하고
고요히 눈 감고서 진여(眞如)¹⁾를 깨우치네.

雲畔構精盧.	安禪四紀餘.
笻無出山步,	筆絶入京書.
竹架泉聲緊,	松櫺日影疎.
境高吟不盡,	瞑目悟眞如.

■
1) 진은 진실하여 허망하지 않다[眞實不虛妄]는 뜻이고, 여(如)는 체성(體性)
   이 변하지 않는다[不變其性]는 뜻이다.

운봉사에서
題雲峰寺

칡덩굴 부여잡고 운봉사에 올라
아래를 굽어보니 온 누리가 텅 비었어라.
올망졸망 산들은 손바닥 위에서 나뉘고
모든 일 가슴 속에서 탁 트이누나.
해 주변에 눈발 날리자 탑에 그림자 지고
반공중에 바람 불자 소나무가 소리를 내네.
구름과 놀이 나를 비웃을 테지
티끌 세상으로 다시 발걸음 돌린다니.

捫葛上雲峰   平觀世界空.
千山分掌上,   萬事豁胸中.
塔影日邊雪,   松聲天半風.
煙霞應笑我,   回步入塵籠.

당성(唐城)에 나그네로 놀러 갔더니 선왕(先王) 때 악관(樂官)이 서(西)로 돌아오려 하면서, 밤에 두어 곡(曲)을 불며 선왕의 은혜를 그리워하여 슬피 울기에, 시를 지어 주다
旅遊唐城有先王樂官將西歸夜吹數曲戀恩悲泣 以詩贈之

사람의 일이란 성했다가 쇠하는 것,
떠도는 목숨이 참으로 서글퍼라.
그 누가 알았으랴, 하늘 위의 노랫가락을
이 바닷가에 와서 들을 줄이야.
물가 궁전에선 꽃을 보며 불었었지,
바람 서늘한 난간에선 달을 보며 불기도 했지.
옛 임금을 이제는 뵈올 수 없어
나도 그대와 함께 두 눈에서 눈물만 흐르네.

人事盛還衰,　　浮生實可悲.
誰知天上曲,　　來向海邊吹.
水殿看花處,　　風欄對月時.
攀髯今已矣,　　與爾淚雙垂.

■
* 이상은 《동문선》 제9권에 실린 오언율시(五言律詩)이다.

윤주 자화사 상방에 올라
登潤州慈和寺上房

올라와 보니 갈림길 먼지 잠시 멀어졌건만
흥망을 생각하노라니 한이 더욱 새로워라.
화각 소리 속에 아침 저녁 물결 소리가 들리네.
푸른 산 그림자 속에 고금 인물 몇이던가.
서리에 옥수 꺾여서 꽃에는 주인이 없어도[1]
금릉 따스한 바람에 풀은 절로 봄이라네.
사씨 집안[2] 남은 경지 아직도 볼 수 있어
시인의 정신을 오래도록 즐겁게 하네.

登臨暫隔路岐塵.　　吟想興亡恨益新.
畫角聲中朝暮浪,　　靑山影裏古今人.
霜摧玉樹花無主,　　風暖金陵草自春.
賴有謝家餘境在,　　長敎詩客爽精神.

■
1) 남조 진(陳)나라의 후주(後主) 진숙보(陳叔寶)가 정사는 돌보지 않고 매
　일 비빈(妃嬪) 등과 함께 노닐면서 새로 지은 시에 곡을 부쳐 노래를 부
　르게 하다가 끝내 나라를 망하였다. 〈옥수후정화(玉樹後庭花)〉, 줄여서
　〈옥수가(玉樹歌)〉라는 노래가 전해 오는데, 망국의 노래를 뜻한다. ―《진
　서(陳書)》권7 〈황후열전(皇后列傳)〉
2) 금릉과 가까운 선성(宣城)의 태수를 지낸 남조 제(齊)나라의 시인 사조
　(謝朓)를 가리킨다. 당시에 그가 세운 누대는 사공루(謝公樓) 혹은 북루
　(北樓)로 불리며 여러 시에 오르내렸다.

가을날에 우치현[1]을 다시 지나며 이장관에게 부치다
秋日再經盱眙縣寄李長官

외로운 나그네가 오늘 또다시 그대에게 신셀 지다니,
가을바람 맞으며 싯귈 읊을수록 헤어질 일이 서러워지네
새파랗던 문 앞의 버들 벌써 시들었지만,
나그네의 몸은 아직도 지난 해 입었던 옷 그대로일세.
길은 하늘 끝까지 멀고 몸은 시름 속에서 늙어 가는데,
내 집은 바다 건너 있으니 꿈 속에서나 돌아갈까.
우스워라, 이 내 몸은 봄철 사일(社日)[2]의 제비런가.
단청 높이 그린 집에 올해도 또 와서 노니는구나.

孤蓬再此接恩輝.　　吟對秋風恨有違.
門柳已凋新歲葉,　　旅人猶着去年衣.
路迷霄漢愁中老,　　家隔煙波夢裏歸.
自哂身如春社鷰,　　畵梁高處又來飛.

■

강남으로 돌아가는 진사 오만을 보내며
送吳進士巒歸江南

그대와 알고 나서 몇 번째 헤어지는가.
이번엔 서로 헤어지면서 시름이 더욱 겹친다오.
가는 곳마다 전쟁터라서 바야흐로 어수선한데,
어느 때에 다시 만나서 시와 술을 즐기려나.
멀리 강가의 길을 따라서 나무들이 섰는데,
차가운 구름은 떨어져 말 앞 봉우리에 걸렸네.
가는 길에 좋은 경치 만나거든 새로운 시를 지어 보내
주게.
혜강의 게으른 버릇[1]일랑 부디 배우지 말게나.

自識君來幾度別,　　此回相別恨重重.
干戈到處方多事,　　詩酒何時得再逢.
遠樹參差江畔路,　　寒雲零落馬前峯.
行行遇景傳新作,　　莫學嵇康盡放慵.

1) 진나라 때 죽림칠현(竹林七賢)의 한 사람인 혜강이 산도(山濤)에게 보
내는 절교서(絶交書)에, "요즘에는 세속에서 편지의 내왕을 중히 여기
는데, 나는 게을러서 남에게 편지를 전혀 하지 않으니, 이것도 벼슬할
수 없는 한 조건이다." 하였다.

봄날 새벽에 우연히 쓰다
春曉偶書

세월은 동으로 흐르는 물 같아 돌아오지 못하니
애꿎게 시경(詩景)을 재촉하여 사람만 괴롭히네.
정을 품은 아침비는 가늘기만 한데
아름다운 꽃은 아양부리느라 필 듯 안 필 듯.
난세의 풍광은 주인이 없고
부생의 명리도 시들해졌네.
생각해보니 유령의 마누라가 미워라.
억지로 낭군을 권해 술잔 덜 들라 하다니.[1]

■
1) 유령(劉伶)은 (진나라) 패국(沛國) 사람이다. (줄임) 처음부터 집안에 재산
   이 있는지 없는지 마음 쓰지 않았다. 언제나 녹거(鹿車)를 타고 술 한 병을
   가지고 다녔는데, 사람을 시켜 삽을 메고 따라오게 하였다.
   "내가 죽으면 그 자리에다 묻어달라"고 말하였다. 자기 몸뚱이를 버림이
   이와 같았다. 그가 언젠가 목 말라서 아내에게 술을 달라고 하였더니, 아내
   가 술을 내버리고 술잔을 깨뜨리면서 눈물을 흘리며 호소하였다.
   "당신은 술을 너무 지나치게 마시니, 몸을 보살피는 도리가 아닙니다. 반드
   시 끊으셔야만 합니다."
   그러자 유령이 이렇게 말하였다.
   "좋지. 그런데 내 힘으로는 혼자 끊을 수가 없으니, 귀신에게 빌면서 스스
   로 맹세하는 수 밖에 없소. 곧 술과 고기를 마련해 주시오."
   아내가 그 말대로 했더니, 유령이 무릎을 꿇고서 빌었다.
   "하늘이 유령을 내시면서, 술로써 이름을 지었습니다. 한번에 한 섬을 마
   시고, 해장술로 다섯 말을 마십니다. 아녀자의 말은 삼가 들을 수가 없습
   니다."
   그리고는 곧 술잔을 끌어오고 고기를 가져다가, 다시 크게 취하였다. ─《진
   서(晉書)》 권49 〈유령〉

回耐東流水不回. 只催詩景惱人來.
含情朝雨細復細, 弄艷好花開未開.
亂世風光無主者, 浮生名利轉悠哉.
思量可恨劉伶婦, 強勸夫郎踈酒盃.

늦은 봄 즉흥으로 동료 사자 고운에게 화답하다
暮春卽事和顧雲友使

봄바람에 온갖 향내를 맡았었지만
기다란 버들가지에 마음 더욱 끌리네.
소무의 편지는 변방에서 돌아오고[1]
장자의 꿈은 낙화를 좇아 바쁘구나.
남은 봄 경치 핑계를 대며 아침마다 취하노니
이별의 정을 마디마디 헤아리기 어려워라.
때는 바로 기수에 멱감는 시절이라
예전에 놀던 일 생각하니 백운향[2]에 혼이 끊어지네.

東風遍閱百般香.　　意緒偏饒柳帶長.
蘇武書回深塞盡,　　莊周夢逐落花忙.
好憑殘景朝朝醉,　　難把離心寸寸量.
正是浴沂時節日,　　舊遊魂斷白雲鄉.

■
1) 한나라의 충신 소무(蘇武)가 흉노 땅의 사막 요새지에 19년 동안이나 붙잡혀 있다가, 천자가 상림원(上林苑)에서 기러기 다리에 매여 있는 편지[雁信]를 보고 소무의 근황을 알게 되어 한나라로 돌아왔다. ―《한서(漢書)》 권54〈소무전(蘇武傳)〉
2) 저 흰 구름을 타고 제향에 이른다.[乘彼白雲, 至於帝鄉.] ―《장자》〈천지(天地)〉
   백운향은 신선이 사는 하늘 나라이다.

62

진사 장교[1]가 마을에 살면서 병중에 부친 시를 화답하다
和張進士喬村居病中見寄

시의 명성을 한가지로 사해에 떨쳤지만
낭선이 어찌 송년과 같을 수 있으랴.[2]
시에 새로운 풍격을 표방했을 뿐만 아니라
행장(行藏) 또한 옛 어진이의 법도를 이었네.
외로운 산길 달빛 아래 명아주 지팡이 짚고
먼 마을 아침 연기 속에 갈대발을 걸었지.
병석에 누워 장빈의 글귀를 읊어 부쳤기에[3]
성에 들어가는 어옹의 뱃편에 화답을 부치노라.

■
1) 교(喬)의 자는 송년(松年)이다. (원주)
2) 낭선은 당나라 시인 가도(賈島)이고, 송년은 장교(張喬)의 자이다. 두 사람 다 고심하며 시를 짓는다는 점에서 시풍(詩風)이 같다고 세상에서 평하지만, 최치원은 다음 구절같이 장교를 옛날의 어진이 같다고 평하였다.
   장교는 당나라 의종(懿宗) 연간에 진사(進士)에 급제하였는데, 정곡(鄭谷), 허당(許棠), 임도(任濤), 이창부(李昌符) 등과 함께 방림십철(芳林十哲)로 불렸다.
3) 위(魏)나라 건안칠자(建安七子)의 한 사람인 유정(劉楨)이 조조(曹操)의 아들인 조비(曹丕)에게 빨리 찾아와 주기를 간청하면서 보낸 시에 "내가 고질병에 심하게 걸려, 맑은 장수(漳水) 가에 누워 있다.[余嬰沈痼疾, 竄身淸漳濱.]"라고 하였다.
* 이상은 《동문선》 제12권에 실린 칠언율시(七言律詩)이다.

一種詩名四海傳. 　　浪仙爭得似松年.
不唯騷雅標新格, 　　能把行藏繼古賢.
藜杖夜携孤嶠月, 　　葦簾朝捲遠村煙.
病來吟寄潭濱句, 　　因付漁翁入郭船.

가을날 밤비가 내리는데
秋夜雨中

가을바람 맞으며 괴롭게 시를 읊지만,
온 세상에 마음 알아주는 벗[1]이 적구나.
창 밖의 밤은 깊어 빗줄기만 내리는데,
몸은 등불 앞에 있지만 마음은 저 멀리 있네.

秋風唯苦吟.　　　擧世少知音.
窓外三更雨,　　　燈前萬里心.

■

1) 백아(伯牙)가 거문고를 타는데, 높은 산에 뜻이 있으면 (그의 친구) 종
자기(鍾子期)가 듣고서, "태산같이 높구나"라고 말하였다. 또 흐르는
물에 뜻이 있으면 종자기가 듣고서, "강물처럼 넓구나"라고 하였다. 백
아가 생각한 것을 종자기가 반드시 알아맞혔다. 종자기가 죽자, 백아가
"지음(知音)이 없다"면서 거문고 줄을 끊어버렸다. ―《열자》〈탕문편
(湯問篇)〉

나는 참으로 중이로구나
郵亭夜雨

여관집에는 늦은 가을비,
고요한 밤 등잔불이 차가운 창에 켜 있네.
시름 속에 앉아서 스스로 가여워하노니,
나는 참으로 삼매경에 든 중이로구나.

旅館窮秋雨,   寒窓靜夜燈.
自憐愁裏坐,   眞箇定中僧.

■
* 이상은 《동문선》 제19권에 실린 오언절구(五言絶句)이다.

길을 가다가
途中作

동으로 불렸다 서로 구르는 몸 티끌 덮인 갈랫길에서,
파리한 말 혼자 채찍질하며 그 얼마나 괴로워했나.
돌아가는 것이 좋은 줄 내 모르는 게 아니지만,
다만 돌아가 봤자 집이 또한 가난하다오.

東飄西轉路岐塵.　　　獨策羸驂幾苦辛.
不是不知歸去好,　　　只緣歸去又家貧.

요주¹⁾ 파양정에서
饒州鄱陽亭

저녁 노을에 시 읊고 섰노라니 생각이 그지없어라.
만고 강산이 한 눈 속에 다 드는구나.
태수가 백성 살림 걱정하여 잔치 놀이에 마음 두지 않으니,
강에 가득한 저 풍월이 모두 어부에게 맡겨졌네.

夕陽吟立思無窮.　　萬古江山一望中.
太守憂民疎宴樂,　　滿江風月屬漁翁.

■
1) 지금의 강서성 파양현(鄱陽縣)에 있던 지명이다.

산양에서 고향의 벗과 헤어지며
山陽與鄕友話別

서로 만나 초산의 봄을 잠시나마 즐기다가,
다시금 헤어지려니 눈물이 수건을 가득 적시네.
바람 맞으며 슬피 바라본다고 괴이히 여기지 마오.
타향에서 고향사람 만나기 참으로 어렵다오.

相逢暫樂楚山春.   又欲分離淚滿巾.
莫怪臨風偏悵望,   異鄕難遇故鄕人.

우강 역정에서
題芋江驛亭

모랫벌에 말 세우고 돌아오는 배를 기다리노라니
가득 끼인 물안개는 만고의 시름을 띠었네.
산이 평지되고 이 물까지 말라져야,
인간세상에서 헤어지는 일 비로소 없어지리라.

沙汀立馬待回舟.　　一帶煙波萬古愁.
直得山平兼水渴,　　人間離別始應休.

봄날에 벗을 청하였으나 오지 않아
절구를 부치다
春日邀知友不至因寄絕句

장안을 생각할 적마다 그 옛날은 괴로웠었지.
고향의 봄날을 맞아 어찌 헛되이 보내랴.
산에서 놀기로 한 약속을 오늘 아침에도 지키지 않으니
티끌세상의 명리인 알게 된 것을 참으로 뉘우치노라.

每憶長安舊苦辛.　　那堪虛擲故園春.
今朝又負遊山約,　　悔識塵中名利人.

서경 소윤 김준과 헤어지며
留別西京金少尹峻

서로 만나 두 밤 자고 또 헤어지다니
시름겨워라, 갈림길 가운데 또 갈림길이 있구려.
손 안의 계수 향기는 다 없어지고,[1]
그대와 헤어지면 속마음 얘기할 곳도 없네.

相逢信宿又分離.　　愁見岐中更有岐.
手裏桂香銷欲盡.　　別君無處話心期.

---

1) 현량 대책(賢良對策)에서 장원을 한 극선(郤詵)에게 진나라 무제(武帝)가
   소감을 묻자, 극선이 "계수나무 숲의 가지 하나를 꺾고, 곤륜산(崑崙山)의
   옥돌 한 조각을 쥐었다." 라고 답변하였다. ─《진서(晉書)》 권52 〈극선열전
   (郤詵列傳)〉
   이 시에서는 과거에 급제하며 떨쳤던 명성이 차츰 시들해져 간다는 뜻이다.

금천사 주지께
贈金川寺主

흰 구름 시냇가에 절[1]을 짓고는,
서른 해 내내 그대가 주지일세.
문 앞의 한 줄기 길을 웃으며 가리키고는,
산 밖으로 나가자마자 천 갈래로 갈라진다네.

白雲溪畔剏仁祠,　　三十年來此住持.
笑指門前一條路,　　纔離山下有千岐.

---

1) 석가(釋迦)의 한역(漢譯)이 능인(能仁)이어서, 절을 인사(仁祠)라고 하
   였다.

재곡 난야¹⁾에 혼자 사는 스님께
贈梓谷蘭若獨居僧

솔바람 소리 듣는 것 말고는 귀가 시끄럽지 않고,
띠풀로 집을 이은 곳 흰 구름이 깊었네.
세상 사람이 이곳 길을 알아 도리어 한스러우니,
바위 위의 이끼를 발자국이 더럽히는구려.

除聽松風耳不喧.　　結茅深倚白雲根.
世人知路飜應恨,　　石上莓苔汚屐痕.

황산강[1] 임경대[2]에서
黃山江臨鏡臺

내 낀 봉우리는 우뚝우뚝 강물은 출렁출렁,
거울 속의 인가는 푸른 산을 마주했네.
새 날아가듯 눈 깜짝할 사이에 자취 없이 사라졌네.
갑자기 날아가 버린 새 아득도 하여라.

煙巒簇簇水溶溶.　　鏡裡人家對碧峰.
何處孤帆飽風去.　　瞥然飛鳥杳無蹤.

■
1) 황산강(黃山江)은 (양산) 고을 서쪽 18리에 있다. 신라에서 사대독(四大
瀆)의 하나로 쳤고 중사(中祀)에 실려 있다. —『신증동국여지승람』제
22권「양산군」산천조.
2) 임경대(臨鏡臺)는 최공대(崔公臺)라고도 하는데, 황산역(黃山驛) 서쪽
절벽 위에 있으며, 최치원이 놀고 즐기던 곳이다. —『신증동국여지승
람』제22권「양산군」고적조.
　황산강은 양산(梁山)에서 서쪽으로 18리 되는 곳에 있는 낙동강(洛東
江)을 말하는데, 신라 때에는 사대독(四大瀆)의 하나였다. 임경대는 최
공대(崔公臺)라고도 하는데, 황산역의 서쪽 절벽 위에 있다.

가야산 독서당에 쓰다
題伽耶山讀書堂

미친 듯 바위 사이로 흘러 산에 울리니,
사람의 말소리를 가까이에서도 알아듣기 어렵구나.
옳고 그름을 다투는 소리 귀에 들릴까 늘 두려워서
짐짓, 흐르는 물로 하여금 온 산을 둘러싸게 하였다네.

狂奔疊石吼重巒.　　人語難分咫尺間.
常恐是非聲到耳,　　故教流水盡籠山.

∎
＊ 이상은 《동문선》 제19권에 실린 칠언절구(七言絶句)이다.

우리나라 놀이 다섯 편

『삼국사기』 권 32 〈잡지〉 제1에 최치원이 지은 〈향악잡영(鄕樂雜詠)〉 다섯 수가 실려 있다. 최치원은 이 놀이들이 '우리나라의 노래'라고 하였지만, 외국에서 들어온 놀이들 같다. 특히 '멀리 사막을 건너 만리 길을 오느라고' 같은 구절을 보면, 주로 서역에서 들어온 놀이들 같다.

금칠한 공 놀이
金丸

몸을 돌리고 팔뚝을 내뻗어 금칠한 공을 놀리니,
달이 구르고 별이 뜨듯 눈에 가득 보이네.
그 옛날 의료[1]가 살았더라도 어찌 이보다 나으랴.
이제 알겠어라, 큰 바다에 물결이 자겠구나.

廻身掉臂弄金丸. 　　月轉星浮滿眼看.
縱有宜僚那勝此, 　　定知鯨海息波瀾.

■
1) 옛날 초나라의 용사인데, 공놀이를 잘 하였다. 공 아홉 개를 가지고 노
　는데, 여덟 개는 공중에 있고 손에는 하나만 있었다. 그래서 송나라와
　초나라가 전쟁을 하는데, 두 나라 군사들이 그가 공놀이 하는 것을 보느
　라고 싸움을 멈춘 일까지도 있었다고 한다. '큰 바다에 물결이 자겠구
　나' 라는 구절은 공놀이를 보느라고 싸움까지도 멈추었던 옛일에 비유
　한 것이다.

월전
月顚

어깨는 높이 솟고 목은 움츠러들고 머리털은 뻗쳤네.
팔뚝을 뽐내며 여러 선비들이 술잔을 다투네.
노래 소리를 듣고 사람들이 모두 웃으니,
밤 들며 달아맨 깃발이 새벽까지 재촉하네.

肩高項縮髮崔嵬.　　攘臂羣儒鬪酒盃.
聽得歌聲人盡笑,　　夜頭旗幟曉頭催.

■
* 월전의 어원은 확실치 않다. 최남선은 서역 어느 나라의 말을 소리 그대로
  옮겼을 것이라고 하였다.

큰 얼굴
大面

황금빛으로 만든 얼굴 모습이 마치 사람 같아라.
손에는 구슬 채찍을 들고 귀신을 부리는구나.
재빨리 걷다가 천천히 내달으며 아름다운 춤을 추니,
완연히 붉은 봉황이 요임금 태평한 봄날을 춤추는 듯
해라.

黃金面色是其人.　　手抱珠鞭役鬼神.
疾步徐趨呈雅舞,　　宛如丹鳳舞堯春.

■
＊『성호사설』에서는 황금빛 가면을 불상처럼 만든 것이 대면이라고 하였
　다. 최남선은 금빛 가면을 쓴 주술자가 사귀(邪鬼)를 물리치는 종교적
　춤이라고 하였다.

속독
束毒

쑥대머리에 쪽빛 얼굴이 사람과는 다르구나.
떼를 지어 뜨락에 내려와 난새 춤을 흉내내네.
북소리 둥둥 울리고 바람은 소슬한데,
남으로 달리고 북으로 뛰며 끝가는 데가 없어라.

蓬頭籃面異人間.　　押隊來庭學舞鸞.
打鼓簽簽風瑟瑟,　　南奔北躍也無端.

---

* 속독의 어원은 확실치 않다. 『성호사설』에서는 귀신의 모습을 본딴 가면
  이라고 하였다. 최남선은 서역 어느 나라 말을 소리 그대로 옮긴 것이라 하
  면서, 먼 지방 사람들이 왕의 어진 정치를 사모하여 떼지어 와서 춤과 노래
  를 바치는 뜻을 나타낸 탈춤이라고 하였다.

사자
狻猊

멀리 사막을 건너 만리 길을 오느라고,
털은 다 빠지고 먼지만 남았구나.
머리를 흔들고 꼬리를 저어 어질게만 보이네.
웅혼한 그 기백이 어찌 뭇짐승 같으랴.

遠涉流沙萬里來.　　毛衣破盡着塵埃.
搖頭掉尾馴仁德,　　雄氣寧同百獸才.

지리산 석굴 속에서 발견했다는
최치원의 친필 시들

지리산에 한 늙은 중이 있었는데, 지리산 석굴 속에서 기이한 책을 여러 질 발견하였다. 그 가운데 최치원이 쓴 시첩이 하나 있었는데, 열여섯 수가 실려 있었다. 지금 그 절반은 잃어 버렸다.

구례 군수 민대륜군이 그 시첩을 얻어서 내게 보내주었다. 그 필적을 보니 정말 치원의 글씨였고, 시도 또한 기이하고 옛스러워, 치원의 작품임을 의심할 바가 없었다.

매우 진귀한 시첩이었는데, 그 시들은 이러하다.
— 이수광 『지봉유설』 권13 문장부6 〈우리나라 시〉

동쪽 나라 화개동은
속세 떠난 별천지라.
선인이 옥베개를 권하니
몸과 세상이 어느새 천년일세.

東國花開洞　　　壺中別有天.
仙人推玉枕,　　　身世欻千年.

일만 골짜기에 우뢰 소리 일어나고
일천 봉우리에는 비 맞은 초목 새로워라.
산속의 중은 세월을 잊고
나뭇잎으로만 봄을 기억하네.

萬壑雷聲起,　　　千峰雨色新.
山僧忘歲月,　　　唯記葉間春.

비온 뒤라 대나무 빛이 고와라.
옮겨 앉으니 흰 구름이 열리네.
고요한 가운데 나를 잊고 있노라니
솔바람이 베개 위를 스치네.

雨餘多竹色,　　　移坐白雲開.
寂寂因忘我,　　　松風枕上來.

봄이 오자 꽃이 땅에 가득하고
가을이 가자 잎이 하늘에 흩날리네.
지극한 도는 문자를 떠나서
원래 눈 앞에 있는 법이라네.

春來花滿地,　　　秋去葉飛天.
至道離文字,　　　元來在目前.

시냇가에 달이 처음 비치는 곳,
솔바람도 움직이지 않을 때,
소쩍새 소리 귀에 들어오니
그윽한 흥취를 저절로 알겠어라.

澗月初生處,　　　松風不動時.
子規聲入耳,　　　幽興自應知.

숲속의 흥취를 말하려 해도
어떤 사람이 이 기미를 알랴.
무심코 달빛 보며 말없이 앉아
돌아갈 길도 잊어 버렸다네.

擬說林泉興,　　　何人識此機.
無心見月色,　　　默默坐忘歸.

비밀스런 진리를 어찌 말할 것 있나,
강이 맑으니 달 그림자 통하네.
긴 바람이 일만 골짜기에서 나자
붉은 잎이 가을 산에 비었어라.

密旨何勞舌,　　江澄月影通.
長風生萬壑,　　赤葉秋山空.

소나무 위엔 담쟁이 덩굴 얽히고
시냇물에는 흰 달이 흐르네.
바위 틈으로 폭포 소리 울리자
온 골짜기에 눈발이 흩날리네.

松上靑蘿結,　　澗中有白月.
石泉吼一聲,　　萬壑多飛雪.

부록

孤雲
崔致遠 詩集

『계원필경집』머리말

    회남(淮南)에서 본국으로 돌아올 때에 조서(詔書) 등을 맡아 온 사신이며, 전 도통순관(都統巡官) 승무랑(承務郎) 시어사(侍御史) 내공봉(內供奉)으로서 자금어대(紫金魚袋)[1]를 하사받은 신 최치원이 그동안 지은 잡시부(雜詩賦)와 표주집(表奏集) 28권을 올립니다.

    그 내역을 아래와 같이 기록합니다.

        사시금체(私試今體) 5수 1권
        5언 7언 금체시(今體詩) 100수 1권
        잡시부 30수 1권
        중산복궤집(中山覆簣集) 1부 5권
        계원필경집 1부 20권

    신이 열두 살에 집을 떠나 서쪽으로 가려고 배를 탈 때에 돌아가신 아버지가 이렇게 훈계하였습니다.

    "네가 10년 동안 공부하여 과거에 급제하지 못하면, 나의 아들이라고 말하지 말라. 나도 또한 아들을 두었다고 말하지 않겠다. 그곳에 가거든 부지런히 공부하며, 힘을 다하거라."

■
1) 붉은 금빛으로 만든 물고기 모양의 주머니인데, 그 속에다 이름을 담았던 일종의 신표이다. 이것을 가지면 궁궐을 마음대로 드나드는 특권을 누릴 수 있다.

신은 그 엄격하신 훈계를 마음에 새겨, 조금도 잊지 않았습니다. 상투를 대들보에 걸어매고 송곳으로 무릎을 찔러 가며,[2] 조금도 게을리하지 않았습니다. 아버지의 뜻을 받들기 위하여, 참으로 남들이 백 가지를 할 때에 신은 천 가지를 하였습니다. 그래서 당나라에 유학간 지 6년 만에, 신의 이름이 방(牓)의 끝에 걸리게 되었습니다.

이때 느꼈던 심정을 읊고 사물에 의탁하여 편을 이룬 것들이 부(賦)이고 시(詩)이니, 거의 상자에 넘칠 만큼 되었습니다. 그러나 어린 아이가 장난친 것 같아서, 장부가 보기에는 부끄러울 뿐입니다. 게다가 어대(魚袋)를 하사받은 뒤부터는 모두 내버려 두었었는데, 장안에 떠돌며 붓으로 먹을거리를 삼게 되자 드디어 부(賦) 5수, 시 100수, 잡시부 30수를 지어 모두 3 편을 이루었습니다.

그 뒤로 선주(宣州) 율수현위(溧水縣尉)에 제수되어 녹봉도 많아지고 벼슬도 많아져서 배부르고 편안한 나날을 보내게 되자, 짧은 시간도 헛되이 보내지는 않았습니다. 공적으로 또는 사적으로 지은 글을 책으로 엮으니, 모두 5권이나 되었습니다. 그래서 '산을 만든다(爲山)'는 뜻을 더욱 격려하여 그 책 이름을 '복궤(覆簣)'[3]라 하고, 그 지방 이름을 '중산(中山)'이라 하였기에 '복궤집' 앞에다 '중산' 두 글자를 붙였습니다.

그 직책을 내어놓고 회남 절도사의 종사관이 되어 고시중(高

■
2) 한(漢)나라 손경(孫敬)이 새끼줄로 상투를 대들보에 걸어매고 전국시대의 소진(蘇秦)이 송곳으로 무릎을 찔러 가며 졸음을 깨워서 글을 읽어 성공하였다.
3) '산을 만든다'는 말은 공부에 힘쓰는 것을 높은 산을 쌓는 데에다 비유한 말이다. 산을 쌓으려면 마지막 한 삼태기의 흙을 엎어부을[覆簣] 때까지 노력해야 한다.

侍中 : 兵馬都統 高駢)의 붓과 벼루(문서 작성)를 도맡게 되자, 군서(軍書)들이 몰려들었습니다. 그 서류들을 힘껏 담당하며 4년 간 마음 써서 1만여 수를 지었습니다.

그러나 하찮은 글들을 가려내다 보니, 열 가운데 한둘도 남지를 않았습니다. 그렇지만 모래를 파헤쳐 금을 발견하는 것에 비교하고, 헐어진 기와조각으로 벽에다 긋는 것보다는 낫다고 여기어, 드디어 『계원집』 20권을 이루었습니다.

신이 마침 난리를 만나 군막에 군막에 머물며 먹고 살다 보니 미음을 끓여 먹고 죽을 끓여 먹는 신세가 되었으므로, 문득 필경(筆耕)이라는 제목을 달고 이에 '필경(筆耕)'으로 제목을 삼고 왕소(王韶)의 말로써 지난 일을 증거하였습니다. 신이 비록 몸을 움츠린 채 돌아와서 환호작약(歡呼雀躍)하는[4] 이들에게 부끄럽습니다만, 이미 밭 갈고 김매듯 마음을 파헤친 것들입니다. 조그마한 수고나마 버리기 아까워서 임금님께 보여 드리고자, 시·부·표·장 등 28권을 이 서장(序狀)과 함께 올리옵니다.

중화 6년(886) 정월 일에 전 도통순관 승무랑 시어사 내공봉으로서 자금어대를 하사받은 신 최치원은 소장을 올려 아룁니다.

---

4) 원문의 부작(鳧雀)은 부추작약(鳧趨雀躍)의 준말인데, 노조린(盧照鄰)의 「궁어부(窮魚賦)」에서 나온 말이다.

부산 해운대에 있는 최치원 동상의 비문

구름같이 왔다 가는 인생이기에 자기 스스로 고운(孤雲)이라 자(字)를 짓고 호도 또한 해운(海雲)이라 하고서 높은 포부를 품은 채 구름같이 오갔으되 구름이 반드시 무심한 것만이 아니라, 비를 뿌려 자취를 남김같이 우리 국사(國史) 상에 시로 학문으로 은혜를 끼쳐 놓고 간 이가 계셨으니, 그가 바로 신라 말엽의 대시인이요 대학자였던 최치원 선생이시다.

헌안왕 원년 서기 857년에 나서 어버이의 교훈 아래 자라다가 12세에 당나라로 건너가 18세에 급제하여 율수현위(溧水縣尉)가 되었으니, 신라국 소년으로 만리타국에서 이런 영예가 또 어디 있을 것이랴.

율수현은 강소성에 있는 작은 고을이라 녹(祿)은 많고 일은 적으므로, 한가한 시간을 힘껏 이용하여 연구와 저작에 밤낮없이 정진하여 그 동안에 지었던 글들을 모아 『중산복궤집(中山覆簣集)』다섯 권을 만들었으니 '중산'은 그곳 땅 이름이요 '복궤'는 학문의 완성을 결심하는 뜻이다. 몇 해 뒤 황소(黃巢)의 반란이 일어나자 조정에서 회남절도사 고변(高駢)에게 제도행영병마도통(諸道行營兵馬都統)을 명하고 그로 하여금 난리를 토벌케 했던 바, 선생은 한창 이름을 얻을 때라 24세로서 그의 종사관이 되어 이듬해에 황소를 치는 격문을 지었는데, 거기에 이런 귀절이 있었다.

"천하의 모든 사람들이 모두 너를 죽여야 한다고 할 뿐만 아니라 저 땅 밑에 있는 귀신들까지도 이미 너를 죽이기로 의논

했으리."

황소는 이 귀절에 이르러 자기도 모르게 상에서 떨어졌던 것이다.

아라비아 기록에 의하면 황소가 반란을 일으킨 곳은 광동(廣東) 지대요 거기서 회회교인 · 기독교인 · 유태인 · 파사인(페르샤인)들 10만여 명이 죽었다는데, 그때 그곳에는 우리 신라사람들도 많이 가 살고 있었던 것이다. 선생은 더욱더 분노를 참지 못하여 실감 있는 글을 썼던 것이다. 이 글로써 선생의 이름은 높이 떨쳤고, 병마도통 고변의 주청으로 벼슬이 올라 도통순관(道通巡官) 승무랑(承務郎) 시어사(侍御史) 내공봉(內供奉)으로 승차되는 한편 26세 때에는 당나라 황제로부터 자금어대(紫金魚袋)의 하사를 받았는데, 그것은 붉은 금빛으로 꾸민 물고기 모양의 그림을 그린 주머니요 그 속에는 성명을 적은 표신이 있어 대궐도 나들 수 있는 것이라, 외국 청년에게 더할 수 없는 영광이므로 시를 지어 감사했었다.

선생이 병마도통 고변의 밑에서 종사관으로 있은 지 어느덧 4년, 28세에 본국으로 돌아오려고 희종황제에게 장계를 올렸던 바, 황제는 특히 당(唐)의 국서(國書)를 가져가는 사신의 자격을 띠게 해 주었고, 고변은 2백관이나 되는 돈과 여러 가지 행장을 갖추어 주었으며 또 당나라 문사들로 고운(顧雲) · 양섬(楊贍) · 오만(吳巒) 등은 석별하는 시를 지었는데 그중에서 고운은 같은 해에 급제하여 친교가 가장 두터운 친구요 특히 선생을 고변에게 추천한 사람으로서 이런 시를 써 주었다.

계림나라 삼신산
맑은 정기로 태어난 기이한 사람.
12세에 배 타고 바다 건너와
글로써 중원 천지 흔들었고,
18세에 과거 마당 들어가
대번에 급제 한 장 따 낸 이라네.

　선생은 본국 사신 김인규와 집 소식을 가져왔던 아우 서원
(棲遠)과 함께 많은 사람의 작별을 받고 회남을 떠나 금의환향
의 길에 올랐으나, 도중에서 풍랑을 만나 바다를 건너지 못해
부득이 지체하게 되어 실상은 그리던 고국에 도착한 것이 29
세 되던 해 3월이었다.
　헌강왕은 시독(侍讀) 겸한림학사(兼翰林學士) 수병부시랑(守
兵部侍郎) 지서서감(知瑞書監)의 요직을 주었고 선생도 즐거이
나아가 나라를 위한 자기의 포부를 펴 보려 했으며, 또 한편 당
(唐)에서 지었던 글들을 묶어 『계원필경집』이란 이름을 붙이고
그것과 시집 3책을 합하여 위에 올리니, 귀국한 다음 해의 일
인데 이것은 우리나라에서 가장 오랜 저작이요 높이 평가받은
책이다. 그러나 높은 학문과 포부를 가졌기 때문에 시기 질투
가 시작되어 조정의 인물들은 누구나 모두 다 선생의 일동일정
을 눈주어보며 방해를 일삼기 때문에 가슴에 품었던 이상과 포
부는 사라져 갔고, 나라를 위한 모든 경륜조차 하나도 실시하
지 못하게 되고 말았다.
　더구나 귀국한 뒤에 헌강왕·정강왕이 차례로 세상을 떠나
고 이어 진성여왕이 들어서면서부터는 나라 안의 정세가 더욱
어지러워져 조정 안에서 일어나는 온갖 모략을 도저히 막아낼
도리가 없어, 마침내 지방관이 되어 시골로 내려가 태산군 지

금 전북 태안군과 천령군 지금 경남 함양군과 그리고 부성군 지금 충남 서산군으로 태수가 되어 나가 지방 백성들을 다스리는 일에 힘쓰기도 했으나, 선생으로서는 쇠망해 가는 국운과 함께 한탄스런 날을 보낸 것이다.

다시 몇 해 뒤에 견훤이 따로 나라를 세우니 36세 때 일인데, 선생은 비록 나라의 혼란 속에서 버림받은 사람처럼 되었건마는 그같이 어지럽기 때문에 나라 걱정하는 마음을 더욱 버리지 못해, 진성여왕 8년 37세 되던 해에 정치의 급선무 10조를 써올려 여왕도 칭찬하며 신라의 작위 중 제6위에 가는 아찬을 내려주니, 그것은 진골 이외의 평민이 받을 수 있는 최고의 작위였던 것이다. 그러나 44세 때에는 궁예가 또 일어나 딴 나라를 세웠거니와, 이같이 혼란하니 학문이 쓸 곳 없고 인심조차 갈수록 험악하므로 마침내 벼슬을 던져 버리고 막대를 벗삼아 방랑의 길을 떠났었다.

일찍이 태수를 지낸 영남 · 호남 여러 고을들은 더 말할 것이 없고, 경주의 금오산과 합천의 청량대와 강주 지금 경북 의성의 빙산(氷山)과 지리산 쌍계사와 동래 해운대와 합포 지금 마산에 있는 월영대와 양산의 임경대와 함양의 학사루가 모두 다 발자국이 끼친 유적지요, 또 특히 경북 안동의 청량산에는 치원봉(致遠峰)이라 이름한 곳이 있으며, 그곳 바위굴 속에 어떤 노파의 모습을 새겨 놓은 것이 있었는데 그것이 바로 선생에게 밥을 지어바치던 식모였다고 전해 왔었다.

이같이 여기 저기 바람과 구름을 따라 마음 내키는 대로 떠다니며 어느 때는 우거진 숲속을 찾아들어가 나무를 찍어 정자를 매고, 또 어느 때는 흐르는 강 기슭에 집을 짓고 화초들을 심기도 하며 그 속에서 시 읊고 생각하고 책 베고 잠

자며 날을 보냈던 것이다.

선생이 말년에 '계림(鷄林)에는 잎이 누르고 곡령(鵠嶺)에는 솔이 푸르다' 하여 새로 일어나는 고려 태조에게 축하의 글을 써 올렸다고 전하지마는, 그것은 어느 점으로나 뒷사람들이 만들어 낸 믿을 수 없는 말이니, 첫째 신라에서 벼슬한 분으로 가볍게 배반할 그런 인격이 아니며, 또 이미 세상을 저버린 이가 왜 정치에 간여하였겠느냐는 것이다.

그러므로 고려 현종 때에 선생에게 문창후(文昌侯)의 시호를 내렸던 것도 그가 유학(儒學)의 최고봉이요 또 문학의 시조라 존경하여 한 것이리라.

선생의 〈난랑비서(鸞郎碑序)〉문은 화랑의 내용을 알려 준 보배로운 기록이요, 진감국사·백월화상·지증대사의 비문 및 화엄경 결사문(結社文) 등 명문들은 그 학문이 과연 얼마나 깊었던가를 증거해 보이고도 남음이 있다. 친형으로 중이 된 현준과 정현법사와 함께 수도하는 벗을 삼고서 해인사에서 은거하며 지내다가 어느 날 아침 문 밖으로 나가더니 숲속에 갓과 신만 끼쳐 있을 뿐 아무도 그의 자취를 찾지 못하여 책마다 신선되어 갔다고 적었으므로, 나도 여기 그대로 적어 둔다.

고운자(孤雲子) 육신의 뒷소식은 세상에 아는 이 하나 없어도 그 이름 학문 예술 겨레의 가슴에 자리잡고 해 달과 산과 바다와 함께 자손 만대에 길이 살리라.

— 1971년 1월
　후학 이은상 글
　　김충현 씀

마음은 만리 저 밖에

신라 지식인의 꿈

최치원이 서라벌 황룡사 북쪽 마을에서 태어난 해는 신라 헌안왕 원년(857)이다.

이 시대 지배층의 정신적 바탕은 불교였다. 그렇지만 지배층이라고 해도 진골에서부터 육두품·오두품·사두품에 이르기까지 여러 계급이 있었으며, 육두품 이하에게는 사회적 진출에 제한이 있었다. 그러므로 이들은 자기의 재능을 제대로 펼 수 없는 사회 체제에 대하여 불만을 품었다.

이들 육두품 출신의 젊은 지식인들은 자연히 상류층의 정신적 바탕이었던 불교 대신에 새로운 정신적 배경으로 유학(儒學)을 받아들였다. 더구나 신문왕 때에 국학이 설치되고 원성왕 때에 독서 삼품과를 베풀면서부터 육두품 이하 출신의 지식인들은 자신의 이상을 새로운 유학에 의해서 펼치고자 했다. 이러한 상황에서 이들이 꿈을 펼 수 있었던 계기가 바로 당나라로 유학을 가는 길이었다.

당나라는 세계의 종주국이라는 의식을 가지고, 외국인까지도 과거에 의해서 인재를 뽑았다. 신라 출신의 합격자는 김운경을 비롯해서 쉰여덟 명이나 되었다.

최치원이 문학을 한 까닭이야 여러 가지가 있겠지만 과거를 통해서 입신출세해야만 한다는 것이 가장 큰 이유였다. 이것은 그 혼자만의 생각이 아니라 어린 아들을 멀리 당나라로 유학보내는 아버지의 희망이기도 했으며, 유학길을 떠나는 모든 젊은 지식인들의 꿈이기도 했다.

그는 어려서부터 총명하였으므로 경문왕 8년(868) 열두 살 나이로 당나라 유학길을 떠났다. 신분에 매여 크게 출세하지 못한 게 한으로 맺혔던 그의 아버지 견일(肩逸)은, "네가 10년 동안 글을 익히고도 진사에 급제하지 못한다면, 나의 아들이라고 말하지 말아라. 나도 또한 아들을 두었다고 하지 않겠다. 그곳에 가서 부지런히 글 익히기에 힘을 다하여라."라고 간곡히 타일렀다.

자신의 표현을 빌면 졸지 않으려고 머리를 천정에 묶고 다리를 바늘로 찔러 가면서 노력하여, 유학 생활 6년 만에 급제하였다.

아버지가 정해 준 10년 기한에서 오히려 4년을 앞당겨, 그것도 열여덟 어린 나이로 당나라에서 급제한 것이다. 그러나 외국인들에게 개방한 빈공과(賓貢科)는 정식 과거와는 달라서, 급제를 하더라도 그대로 자기 나라에 돌려보내거나 하찮은 자리만 내주었다. 그도 처음에는 벼슬자리를 얻지 못하였는지 과거에 급제한 뒤에도 당나라 서울을 떠돌아다니면서 붓으로써 밥벌이를 삼았다.

조그만 고을의 현위(縣尉)가 되었지만 마음에 차지 않아 곧 내어버리고 굉사과(宏詞科)에 응시할 마음을 먹었으며, 태위상공 고변(高騈)에게 벼슬 구하는 편지를 여러 번 올렸다.

"저의 집은 멀리 해돋는 곳에 있고 길에는 큰 하늘못이 가로 놓여 있습니다. 객사(客舍)에 들기가 죽기보다 싫으니, 어느 곳으로 가야 생계를 안정시킬 수 있을는지 가르쳐 주옵소서."

그는 고변의 추천에 의해서 출세하기 시작한 사람이라서, 그의 시 가운데에는 그를 찬양하여 지어바친 시가 많이 있다. 자기의 마음 속을 하소연한 시들도 있다. 그 가운데,

중국 사람 어느 누가 해외 사람을 가엾게 여기오리까.

묻노니 어느 곳 나루가 내가 가야 할 나루이온지.

본디 먹을거리를 구했을 뿐 이(利)를 구하지 않았으며,

다만 어버이를 빛내려 했지 내 한 몸을 위하지 아니하였소.

나그넷 길에서 다시 헤어지는 시름은 강 위의 빗줄기로 내리고,

고향으로 돌아가고픈 꿈은 하늘 끝에 봄날로 펼쳐지옵니다.

큰 내를 건널 수 있는 넓은 은혜 물결을 다행히 만나

속된 갓끈에 십 년 묵은 먼지 다 씻어 버리기 바라옵니다.

라는 시를 보면, 그는 외국인이라는 이유 때문에 밖으로부터, 또는 자기의 안으로부터 여러 가지 갈등을 느꼈던 것 같다. '해내'는 당나라이다.

당나라가 겉으로는 포용성을 내세워 빈공과까지 설치한 세계 제국이었지만, 사실은 외국인에게 배타적이었던 셈이다.

출세와 좌절의 문학

그가 문장가로서 이름을 날린 것은 황소(黃巢)의 난리가 일어나면서부터이다. 그는 그때 스물세 살이었다. 황소가 장안에서 난리를 일으키자 당나라에서는 고변을 제도행영병마도통(諸道行營兵馬都統)으로 임명하였다. 고변은 또한 최치원을 종사관(從事官)으로 임명하였다. 비서관의 중임을 맡은 것이다.

난리가 계속되는 4년 동안, 최치원은 고변의 아래에서 모든 문서를 도맡아 지어 그의 이름을 온 세상에 날렸다. 물론 이러한 문장들은 그의 개인적인 서정을 나타낸 글이 아니라 남의 명령을 받아 지은 글이긴 하지만, 그는 오히려 이러한 글들을 더욱 자랑스럽게 생각한 것 같다.

"고시중(高侍中)의 문서를 도맡아 짓는 은혜를 입게 되자, 군대의 문서들이 몰려들었습니다. 힘껏 감당하여 네 해 동안 지은 글이 1만여 편이나 되었습니다. 그 가운데 마음에 들지 않은 것들을 골라서 버리다 보니, 10분의 1,2도 채 못 되었습니다. 그러나 모래를 파헤쳐 보석을 찾아내는 것에 비교하고, 깨어진 기와조각으로 담장에 그림을 그리는 것보다는 낫다고 생각되어, 드디어 『계원필경집』 스무 권을 엮었습니다."

1만여 편에 이르렀다는 숫자를 보아서 이 기간에 지은 글은 우선 양적으로 엄청나다는 것을 알 수 있다. 황소는 자기를 꾸짖는 최치원의 격서를 읽다가, "천하의 사람들이 모두 너 죽일 생각을 할 뿐만이 아니라, 땅 속의 귀신들까지도 몰래 너를 죽이자고 벌써 의논하였다"라는 귀절에 이르러서는 깜짝 놀라 침상에서 떨어지기까지 했으며, 결국 항복하게 되었다. 최치원은 시어사(侍御史)라는 벼슬에 이르렀고, 황제로부터 자금어대(紫金魚袋)를 하사받기까지 하였다. 궁궐을 마음대로 드나들 수 있는 영광까지 누리게 된 것이다.

열두 살에 유학왔던 외국인으로서는 대단히 성공한 셈이며, 최치원의 이 성공은 뒷날까지도 이야깃거리가 되었다. 그러나 그는 변방 외국인이었기 때문에 끊임없는 소외와 고독을 느껴야 했다. 출세에도 결국은 한계가 있었다. 출세를 위해서 문학의 길을 택했지만, 그는 결국 이용만 당한 셈이었다. 벼슬길도 그러했지만, 당나라 문인으로서의 위치도 제대로 평가받지를 못했다.

이규보(李奎報)도 『백운소설』을 쓰면서, 최치원이 『당서(唐書)』〈문예열전(文藝列傳)〉에 들어 있지 않은 점을 지적한 바가 있다. 그보다 못한 시인들도 열전에 올랐건만, 그는 반장(半張)의 기록도 남기지 못했던 것이다.

이름이야 날렸지만, 당나라 문인이 될 수는 없었고, 외국인이기에 받았던 배척은 그만큼이나 심했다. 그는 결국 스물아홉 살에 고국으로 돌아왔다. 자기가 돌아오게 된 까닭을 스스로, "고향을 떠나온 지 오래 되고 바다에 뜬 길이 멀었습니다. 더 머물려고 하였지만, 부모님을 모시는 일 때문에 마음이 아팠습니다"라고 하였다.

그가 부쩍 고향을 그리워하게 된 까닭은 더욱 싸늘해진 그곳 사람들의 마음 때문이기도 하였다. 즉 그곳 세상에서 어울리기 힘들게 된 것이다.

그즈음 당나라 곳곳에서는 도적이 들끓고 정치적으로 어려움이 거듭될 때였으므로, 그곳에서는 더이상 자기의 꿈을 펴기가 힘들게 되었다고 느꼈다. 희종황제는 당나라의 국서를 주어서 사신의 자격으로 귀국시켰다. 그가 고국에 돌아오자 헌강왕은 그에게 높은 벼슬을 내려주었으며, 그도 자기의 문집 『계원필경집』을 엮어 바치면서 나랏일에 힘쓰려고 했다. 그러나 진성여왕이 자리에 오르면서 정치는 더욱 어려워졌고, 게다가 여러 지방에서 민란까지 일어났다.

이 무렵의 그의 생활에 대하여 김부식은, "최치원은 당나라에 들어가서 많은 것을 배워왔다. 고국으로 돌아와 장차 자기의 뜻을 펼치려고 했다. 그렇지만 나라의 운세가 기울어진데다가 그를 의심하고 꺼리는 사람들이 많아서, 받아들여지지가 않았다. 멀리 밀려나 대산군 태수가 되었다"라고 기록하였다.

그는 마지막에 〈시무십여조(時務十餘條)〉를 올려 어지러운 나라를 바로잡고자 하였지만, 그 혼자의 힘으로는 어쩔 수가 없었다. 타락의 절정을 이루었던 진성여왕이 이러한 건의를 받아들이지 못했던 것이다. 여왕은 896년에 임금 자리를 조카에게 내어주었으며, 최치원도 가야산으로 들어가 숨었다.

현실 감각이 없어

그가 조국으로 돌아왔을 때에 신라는 벌써 세 조각으로 나뉘어져 있었다. 비슷한 시기에 당나라로 유학갔다가 빈공과에 급제했던 문인들이 신라로 돌아왔을 때에 부딪친 상황은 최치원과 마찬가지였다.

그러나 이들은 최치원처럼 소극적으로 달아나지는 않았다. 최승우(崔承祐)는 자기가 지닌 능력을 거의 기울어진 신라에서는 펼 수 없다고 판단했다. 고려와 싸울 때마다 이기면서 한창 강성해지는 후백제의 견훤을 택해야만 자기의 재주를 빛낼 수 있고 역사의 수레바퀴를 돌릴 수 있다고 믿은 것이다.

그래서 최승우는 견훤에게 몸을 맡겼으며, 이미 군사력으로 후삼국 가운데 최강을 자랑했던 후백제는 문장가 최승우까지 얻어 문무를 아울러 지니게 되었고, 통일의 능력까지 갖추게 되었다. 견훤이 왕건에게 항복을 충고하는 편지까지 최승우가 지어 보냈다. 그러나 견훤 집안의 다툼으로 후백제는 망했으며, 따라서 최승우의 꿈도 깨어졌다.

최언위(崔彦撝)도 당나라 빈공과에 급제하고 돌아와서 신라의 벼슬을 얻었다. 그러나 신라가 머지않아 망하리라 판단하고는 새로 일어선 고려로 가서 왕건의 신하가 되었다. 그는 최승우와는 반대로 견훤의 횡포한 짓을 나무라는 왕건의 편지를 대신 지어보냈다. 결국 고려가 삼국을 통일하였으며, 최언위는 최고의 관직에까지 이르렀다.

고려는 골품제를 없애 버린 나라였기에 신라 육두품 출신의 문인들도 자기의 재주와 포부를 펼 수 있었던 것이다. 고려가 그러한 방향으로 나아가도록 역사의 수레바퀴를 돌린 주역이 되었다.

신라 말기의 문장가로 삼최(三崔)를 드는데, 최승우·최언위가 어쨌든 현실 상황을 제 나름대로 판단하고 자기의 갈 길을 개척한 데 반해, 최치원은 어쩔 줄을 몰랐다.

그는 귀국한 뒤에도 당나라에서처럼 출세의 기회를 찾고, 자기의 재능을 조국 신라에서는 받아 주리라 생각했다. 그러나 그는 현실 감각이 없었다. 그를 질투하는 사람들은 있었어도 임금이 제대로 인정해 주지를 않았다.

그는 신라가 우리나라의 정통이라고 생각했기에 당나라에 보내는 공사문자(公私文字)에서 한결같이 발해를 헐뜯었다.

당나라의 동방 정책에 의해서 같은 민족인 발해와 신라가 대립된 현실을 깨닫지 못하고, 당나라의 도움이 없으면 남쪽 무궁화 동산이 북쪽 오랑캐에게 침략당할 것이라고 호소하였다.

후삼국의 다툼을 보면서, 역사의 커다란 전환점에서 그는 아무런 판단도 내리지 못했다.

가을바람 맞으며 괴롭게 시를 읊지만,
온 세상에 마음 알아주는 벗이 적구나.
창 밖의 밤은 깊어 빗줄기만 내리는데,
몸은 등불 앞에 있지만 마음은 저 멀리 있네.

이 시는 당나라 대의 근체시(近體詩)들이 거의 그러했던 것처럼 평성(平聲)의 침(侵)운에 속하는 음(吟)·음(吾)·심(心) 세 글자를 운(韻)으로 하고 있다.

최치원 자신의 견딜 수 없는 고독을 첫 귀절부터 내어뱉고 있다.

'괴롭게 시만 읊을 밖에' 란 '마음을 알아 주는 벗이 적구나' 와 대를 이루면서, 세상과 떨어져서 아무런 일도 하지 못하는 그의 괴롭고 외로운 마음을 보여 준다. 마음을 알아 주는 벗이 적게 된 까닭은 결국 그가 후삼국 통일의 상황에서 역사의 현장을 외면했기 때문이었다. 역사의 흐름이 왕건에게로 돌려질 것을 일찍이 알았기에,

> 서라벌은 누렇게 물든 나뭇잎이요
> 개성 곡령은 푸른 솔일세.

> 鷄林黃葉, 鵠嶺靑松.

라는 시를 지어 왕건에게 보냈다는 전설도 있다.

그러나 신라 사람으로서의 체질을 바꾸기에는 벌써 너무 늦었는지 그는 끝내 왕건에게 달려가지 못했다.

이 시 때문에 오히려 신라에서까지 내버려지게 되었다.

이상향은 도피처인가

한밤중에 비가 내리고 가을바람까지 부는 것은 당시의 험난한 현실을 묘사한 것이다. 그러나 최고의 지식인임을 자부했던 최치원은 그 역사의 현장과 함께 끼어들어서 그 수레바퀴를

창조적으로 돌릴 생각을 하지 못했다. 자기가 앉아 있는 방 안에만 밝은 등불을 켜놓고 시를 지었다.

그 조그만 방 안만이 그가 차지할 수 있는 공간이었고 자기 세계였다. 그러나 그의 마음이 편할 리는 없었다. 그랬기에 '몸은 등불 앞에 있지만, 마음은 만리 저 밖에' 있었던 것이다. 이 귀절은 동사나 형용사의 서술이 없이 심상(心像)의 확대가 가능한 명사어로만 엮어져 있다. 동사로 서술된 싯귀는 그 글자의 의미에만 매여 한정이나 단절감을 지시하기 쉽지만, 명사로 서술된 싯귀는 끝없는 고독감을 더 오래 더 짙게 정감화하며 독자들이 상상하게 해 준다.

우(雨)와 심(心)이란 명사가 서술어의 기능을 가졌는데, 이 앞에 삼경(三更)과 만리(萬里)라는 관형어를 얹어 심상에다 변화를 주었다. 거기에다 창외(窓外)와 등전(燈前)이라는 배경이 안팎으로 대를 이루면서 시인의 갈등은 더욱 멀어지고 깊어진다.

'만리 저 밖'은 글자 그대로 바다 건너의 중국이다. 그곳에서 과거에 급제하여 관리가 되기도 했었고, '토황소격문' 한 편으로 황소의 마음을 써늘케 하여 반란을 평정키도 했었다. 그러나 그곳이 결국 고향은 아니었기에 따돌림을 받아야 했고, 그래서 그리운 조국 신라를 찾아 금의환향했던 것이 아닌가. 조국에서까지 따돌림을 받고 '건너야 할 나루'를 끝내 찾지 못한 그의 마음은 자기의 이상을 펼 수 있는 곳을 찾아서, 이 작은 방으로부터 또다시 만리 밖으로 날아가는 것이다. 그의 생애가 실패하긴 했지만, 그는 마지막 순간까지도 어떻게 살아야 할 것인지 고민한 것이다. 그가 조국에 살면서 육두품의 굴레에 매였을 때는 중국이라는 나라가 이상향으로 생각되었다.

그러나 중국에서 이방인이라고 따돌림받을 때는 조국 신라
가 결국은 이상향이라고 생각되었다.

조국에 와서도 버림받았을 때에 그는 새로 일어서는 왕건의
고려가 이상향이라고 생각되었다. 그러나 이번에는 그곳으로
갈 수가 없었다. 지식인으로서의 방황과 고민만 계속했을 뿐
이지 행동에 약했던 것이다. 그러던 그가 마지막으로 찾아 숨
어든 곳이 바로 가야산 해인사이다.

> 미친 듯 바위 사이로 흘러 산에 울리니,
> 사람의 말소리를 가까이에서도 알아듣기 어렵구나.
> 옳고 그름을 다투는 소리 귀에 들릴까 늘 두려워서
> 짐짓, 흐르는 물로 하여금 온 산을 둘러싸게 하였다네.

옳고 그름을 다투는 사람들의 소리가 듣기 싫어서, 참과 거
짓이 티끌처럼 얽혀 있는 세상 속에 함께 살고 싶지 않아서, 그
는 산 속으로 숨어든 것이다. 그러나 가야산도 이 땅의 한 부분
이었기에, 이 땅의 현실과 떨어져 있을 수는 없었다. 최치원이
쉬고 있던 해인사에는 당시 화엄종의 두 고승이 있어 각기 파
당을 이루고 있었는데, 관혜(觀惠)는 후백제 견훤의 복전(福田)
이었고, 희랑(希朗)은 고려 왕건의 복전이었다.

이 두 갈래 승려들은 불교의 교리보다도 정치적 알력 때문
에 갈라져서 늘 시끄럽게 다투었다. 산 밖에서 들려오는 세상
의 다툼 소식은 산속의 물소리로 막을 수 있었지만, 바로 산속
에서 벌어지는 스님들의 정치적 싸움은 달리 피할 수가 없었
다. 게다가 고려 왕건에게 호감을 가졌던 최치원은 자연스레
희랑과 가까와졌으므로, 이들 싸움의 물결은 그에게까지 밀려
들었다.

어느 날 아침 일찍 밖으로 나가 숲속에다 관과 신을 벗어둔 채 그는 영영 돌아오지를 않았다. 어디로 갔는지 알수 없었으므로, 해인사의 중들은 그날을 기억해 명복을 빌었다.

세상에서는 그가 신선이 되어 갔다고 하지만 아마도 역사의 변화기에 대처하지 못하는 지식인으로서의 고민 때문에 더 깊은 산 속으로 들어갔을 것이다.

— 허경진

原詩題目 찾아보기

옮긴이 **허경진** 은 연세대학교 국어국문학과를 졸업하고,
동 대학원에서 문학박사 학위를 받았다. 목원대학교 국어교육과 교수와
열상고전연구회 회장을 거쳐, 연세대학교 국문과 교수를 역임했다.
『한국의 한시』총서 외 주요저서로는 『조선위항문학사』, 『허균 평전』,
『허균 시 연구』, 『대전지역 누정문학연구』, 『한국의 읍성』 등이 있고,
옮긴 책으로는 『연암 박지원 소설집』, 『매천야록』,
『서유견문』, 『삼국유사』, 『택리지』, 『한국역대한시시화』,
『허균의 시화』 등 다수가 있다.

韓國의 漢詩 01

孤雲 崔致遠 詩集

초   판 1쇄 발행   1989년 10월 28일
초   판 6쇄 발행   2007년 4월 25일
개정판 1쇄 발행   2015년 6월 20일
개정증보판 1쇄 발행   2020년 11월 30일

옮 긴 이   허경진
펴 낸 이   이정옥
펴 낸 곳   평민사

주   소   서울시 은평구 수색로 340 [202호]
전   화   375-8571(대표) / 팩스 · 375-8573
          http://blog.naver.com/pyung1976
          e-mail: pyung1976@naver.com

          ISBN 978-89-7115-770-1 04810
          ISBN 978-89-7115-476-2   (set)

등록번호   제25100-2015-000102호

값   10,000원

한국의 한시

한시는 단순한 한 편의 작품으로서의 시가 아니다. 그 시에는 그 시를 지은 사람의 학문관, 정치관 등을 포함한 모든 것이 담겨 있다. 그러므로 우리가 한시를 읽는다는 것은 우리 선조들의 정신을 그대로 들여다보는 것과 같다. 그리고 거기에 담긴 시정신은 현재 우리 정신문화의 원형이라고 할 것이다. 우리 한시문학사를 대표하는 시인들을 엄선하여 한글 세대에게 널리 읽혀지고 이해되도록 정확하고 쉽게 번역하여 총서로 펴내고 있다. _허경진 교수 옮김

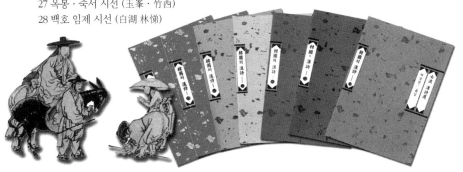

任晳宰全集
韓國口傳說話
한국 구전설화 | 임석재 전집 (전12권)

원로 민속학자 임석재 선생이 이북 지방을 비롯한 우리 나라 전 지역
에서 입으로 전해 오던 구전설화를 한데 모아 엮은 한국 민속학
계 사상 최초의 본격 구전설화집이다. 평범한 대중들의 생활철
학과 인생관, 역사관 등이 생활풍습과 토속어에 버무려져 때로는
고상한 일화로, 때로는 신비로운 이야깃거리로 그러다 혹간은 흐
벅진 육두문자로 살아 숨쉬고 있는 이 책은 설화마다 채집한 지역과 날짜,
구술자를 적어 놓고 있어 그 가치를 더욱 높여 주고 있다.